Manobras de Retorno

(CONTOS)

DAU BASTOS

Manobras de Retorno

(CONTOS)

MINOTAURO

Manobras de retorno

Minotauro é um selo da Editora Almedina Brasil do Grupo Editorial Alta Books (STARLIN ALTA EDITORA E CONSULTORIA LTDA).

ISBN: 978-65-614-3065-4

Impresso no Brasil – 1ª Edição, 2025 – Edição revisada conforme o Acordo Ortográfico da Língua Portuguesa de 2009.

Dados Internacionais de Catalogação na Publicação (CIP)

B328m

1.ed.- Bastos, Dau.

Manobras de retorno: contos / Dau Bastos. - Rio de Janeiro: Minotauro, 2025.

128 p.; 15,7 x 23 cm.

ISBN 978-65-614-3065-4

1. Contos brasileiros. 2. Literatura contemporânea. 3. Ditadura militar - ficção. I. Título.

CDD 869.933

Índice para catálogo sistemático:

1. Contos brasileiros contemporâneos - 869.933

Almedina Brasil é uma Editora do Grupo Editorial Alta Books

Produção Editorial: Grupo Editorial Alta Books
Diretor Editorial: Anderson Vieira
Vendas Governamentais: Cristiane Mutüs
Produtora Editorial: Luna Bolina

Revisão Gramatical: Carlos Bacci
Diagramação: Roberto Maia
Capa: Diego Santos

ALTA BOOKS
GRUPO EDITORIAL

Rua Viúva Cláudio, 291 – Bairro Industrial do Jacaré
CEP: 20.970-031 – Rio de Janeiro (RJ)
Tels.: (21) 3278-8069 / 3278-8419
www.altabooks.com.br – altabooks@altabooks.com.br
Ouvidoria: ouvidoria@altabooks.com.br

Editora **afiliada à:**

ASSOCIADO

Sumário

1 Camicase

O toque inicial foi macio, como se a mão, claramente masculina, tivesse intimidade com minhas costas. Mas a pressão dos dedos longos aumentou até deixar claro que se tratava de captura. Paralelamente, veio a voz a sussurrar que não olhasse para trás e seguisse, sem alarde, misturada à multidão. A quentura da respiração chegava a meus ouvidos, em tal proximidade que podia passar por sensual mas indicava que tentar escapar seria apressar o fim.

Procurei me fixar nas pessoas à frente, de modo a encontrar brechas por onde me deslocar com mais facilidade. No entanto, minha mente se concentrava sobretudo na certeza de que meu acompanhante estava armado. Quando se trata de reforçar o próprio poder, a engenhosidade humana realmente impressiona: um cano de diâmetro mínimo deixa passar uma balinha de nada, porém indefensável e letal — portanto, basta portar o instrumento para neutralizar o adversário.

O mesmo talento parece explicar a facilidade com que desalmados implementam projetos totalitários. Se um efeito dominó dos mais nefastos tinha transformado boa parte da América Latina em ditadura, alguns governos, como o brasileiro, haviam alcançado o nível máximo de autoritarismo, de modo que seus agentes podiam ceifar compatriotas à luz do dia.

A qualquer movimento suspeito meu, tiros seriam disparados. Despertariam gritos, correrias e a certeza de que mesmo quem não resistisse à curiosidade e acompanhasse disfarçadamente o homicida se afastar a passos tranquilos precisava guardar consigo o segredo sob pena de ser igualmente eliminado.

Eu não acreditava na possibilidade de prolongar muito minha arriscada existência, mas achava burro limitá-la por um passo em falso. Só por isso cumpria as ordens de meu decidido acompanhante, que batizei interiormente de Carnífice — nome aparentemente pomposo que, com seu mofo, talvez sublinhasse o anacronismo de agir como reles pau-mandado de déspotas em fase avançada do século XX.

Ao final da fervilhante Rua Buenos Aires, Carnífice me empurrou sutilmente na direção de um Opala largado sem pudor sobre parte da calçada da Praça da República, em mostra de que o condutor estava acima da lei. Certa da longa noite que me aguardava, olhei para a dita vida normal como se me despedisse: a barraquinha do Angu do Gomes, onde eu adorava me empanturrar de sarapatel; o jornaleiro, sempre agastado de lhe perguntarem a localização das lojas, a apontar para um ponto vago no labirinto de ruas; a impaciência de alguns diante da morosidade com que as pessoas idosas, distraídas ou simplesmente dedicadas às compras se deslocavam pelas calçadas estreitas... Minha situação tornava o mundo especialmente bonito.

Carnífice mandou que eu abrisse a porta traseira do lado do carona e baixou minha cabeça para evitar que eu batesse no teto do carro. Ao me ver sentada, me impediu de olhar em sua direção e, com uma destreza surpreendente, me colocou um capuz que impedia completamente de enxergar e tinha apenas alguns furos minúsculos na altura do nariz. Então atou minhas mãos e amarrou as algemas a uma corrente que atravessava o encontro entre o encosto e o assento, reduzindo a quase nada meus movimentos.

O profissionalismo de suas ações e os instrumentos utilizados até ali comprovavam que se tratava de alguém tarimbado. Eu só não compreendia que tivesse deixado para me algemar sob a proteção do fumê dos vidros. Tal discrição contrastava com comportamento de caçador de "terrorista", que gostava de fazer esporro já no bote e adorava circular pelas ruas expondo a presa, em misto de sadismo e pedagogia.

Também estranhei que não houvesse ninguém no automóvel, afinal minha fama de destemida impunha cuidados especiais à minha caça. Cheguei a me sentir levemente depreciada. Mas quem sabe logo ouvisse as sirenes que anunciam cortejo de prisioneiro associado à periculosidade? Que nada.

Carnífice rodou a chave na ignição, devolveu o veículo à rua de paralelepípedos e seguiu em velocidade civilizada, feito chofer de ricaça que acabou de adquirir produtos exóticos numa das centenas de lojas populares da área. Senti-me em narrativa ficcional, esqueci temporariamente a gravidade e sorri de que SAARA fizesse pensar em deserto, quando era Sociedade de Amigos das Adjacências da Rua da Alfândega.

O devaneio me levou ao alívio de ver o dilema em que me encontrava havia algumas semanas resolver-se por vontade alheia. A crise no interior de meu grupo vinha sugando de tal forma minha energia que a captura me pareceu uma oportunidade de repousar. Naturalmente, caso as torturas que me reservavam fossem muito pesadas ou prolongadas, aproveitaria o destemor que me caracteriza para cometer suicídio. Mas até que o suplício começasse, descansaria como em merecidas férias.

Acompanhei atentamente cada movimento do Opala e, como conhecia bem a cidade, percebi que pegamos a Avenida Brasil, a partir da qual tomamos a Rodovia Presidente Dutra. O crescente afastamento do velho sobrado onde se localizava nosso aparelho — como se dizia à época — me dava a sensação de estar cada vez mais distante dos problemas lá vividos. Suspeitava que o recreio logo acabaria, mas, ao menos durante a viagem, aproveitaria o conforto do assento para relaxar o máximo possível.

Comecei a lamber o tecido áspero, não para afrontar Carnífice, e sim por conta de um impulso incontrolável que, tão incompreensível quanto o arrojo, trazia de berço. Paralelamente, acariciava a corrente de ferro que prendia as algemas à lataria. Ambos os contatos me despertaram um prazer tal que passei a gemer.

— Para com isso! — Talvez por já ter visto de tudo, Carnífice não parecia estranhar minhas atitudes. Ainda assim, era esquisito que usasse palavras, e não pancadas, para tentar me conter.

Fiz um grande esforço para me comportar, mas o pendor para tocar certos objetos sempre vencia. Em nova investida contra o incômodo, Carnífice ligou o rádio. A reação, muito civilizada para um policial dos trópicos, me fez cogitar de integrar algum grupo guerrilheiro ainda em fase de arrumação necessitado de alguém livre do principal ponto fraco de quem enfrenta brucutus: o medo.

❖

Depois do que me pareceu meia hora desde o início da viagem, pegamos uma estrada de barro, certamente rumo a algum cafundó da Baixada Fluminense onde pudessem me torturar sem que ninguém ouvisse meus gritos. Sim, porque a prisão ou eliminação de cada um de nós era objetivo perseguido cotidianamente, mas crescia bastante em importância se resultasse na descoberta do paradeiro de companheiros.

Em meu caso, cortariam a cabeça da mais aguerrida das organizações e, mediante tormentos e mutilações em partes precisas de meu corpo, acreditavam poder arrancar uma delação que só líderes poderiam fazer. Possivelmente sabiam que eu havia galgado o posto principal não por arrivismo, e sim pela frieza em situações extremas, como assaltar banco à mão armada e trocar bala com as forças de repressão. Mas perigo e dor não se confundem, daí terem certeza de que, torturada, eu entregaria meio mundo.

Só não entendia que, além de agir sozinho e sem brutalidade, Carnífice não demonstrava qualquer entusiasmo. O capuz me impedia de enxergá-lo, mas ainda assim seria natural ouvir algum indício de animação, contentamento e até euforia. No rádio, tocava um tremendo sucesso, porém o sujeito não parecia nem aí. Mesmo eu, que achava a banda alienada, americanizada e idiota, não conseguia resistir a cantarolar uns trechos, agora, claro, por puro deboche.

O cara permaneceu impassível. Mas como, se os armados do Estado nos encaravam como seres desprezíveis, merecedores de todo tipo de zombaria e porrada? Nós, sim, considerávamos a causa tão nobre e imensa que, ao menos em princípio, não nos permitíamos manifestar protagonismo nem perversidade. Se acontecia de subjugarmos um inimigo, evitávamos tripudiar, pois o víamos como mais uma vítima do sistema. O que explicaria que Carnífice agisse como guerrilheiro?

❖

A cela lembrava um conjugado minúsculo, pois era equipada com cama de alvenaria, banheiro, bancada, fogão, botijão a gás e armário. Inteiramente emboçada e até caiada, tinha o barulho reduzido pela laje do teto. O ar entrava apenas por uma janelinha engradada situada a uma altura inalcançável, cuja portinhola metálica podia ser fechada por fora, possivelmente com ajuda de escada. De ferro era igualmente a única porta do cômodo.

O investimento feito no aposento colocava por terra minha ideia de Carnífice ser da guerrilha, cujas ações eram marcadas pela precariedade e o improviso. Mas a polícia tampouco se preocupava com a qualidade das acomodações dos prisioneiros políticos, geralmente trancafiados em ambientes podres, dos quais se exigia apenas que abafassem os gritos de dor. Ao que tudo indicava, eu me encontrava em lugar usado por quadrilha de sequestradores profissionais e, como tal, interessados em manter a integridade física dos encarcerados até o recebimento do resgate.

Não conseguia entender o que fazia ali. Como vasculhava nossas vidas, o DOI-CODI sabia que minha família morava no modesto bairro do Andaraí, onde ainda por cima era obrigada a pagar aluguel e, de carro, tinha apenas o rodado táxi com que papai conseguia o sustento. Não fazia sentido alguns canas aproveitarem minha condição de inimiga do regime para tentar arrancar dinheiro.

Encucada, concentrei a atenção nos sons que vinham de fora do quarto. Ao longe, ouvia-se canto de pássaro, balanço de árvore e mais nada. Nas proximidades, porém, o rumor dos passos de Carnífice me fez perceber que estávamos numa construção com mais cômodos.

Tive a confirmação no momento em que ele abriu a porta. Usava uma máscara que deixava ver apenas os olhos, de modo que eu não o identificasse. Colocou no chão um saco plástico com roupas de cama, toalha e produtos de higiene. Em outro, havia pó de café, pão e manteiga, mas também feijão, arroz, charque e ovos.

— Me conta só uma coisa: sou hóspede, sequestrada ou prisioneira? — perguntei em tom incerto, pois não sabia se convinha ser irônica ou não.

— Um pouco de tudo. — Me confundiu ainda mais, em demonstração de que não adiantava abordar o assunto.

— Só tem um problema... — Agora meu olhar era de desafio ao gênero masculino. — Não é por ser mulher que sei necessariamente cozinhar.

— Em situações extremas, morrer de inanição pode ser uma. — Devolveu, claramente irônico, já fechando a porta.

❖

Durante o demorado banho, pensei que o calor resultante da pouca circulação de ar me faria passar boa parte do tempo embaixo do chuveiro. Nascida em poço ou rio das proximidades e trazida até ali apenas pela gravidade, a água não tinha cloro algum, portanto mantinha seu balsâmico cheiro original. Mais o líquido fundamental se derramava, mais eu fruía seu contato com cada centímetro de meu corpo.

Enquanto me enxugava, notei que a casa estava inteiramente em silêncio, sinal de que o barulho de motor ouvido alguns minutos antes era do Opala de meu senhorio, certamente de retorno ao Rio. Estranhamente, senti uma liberdade que há muito não experimentava. Totalmente sozinha, resolvi permanecer nua e, assim, reduzir o efeito do mormaço.

A fome indicava que já era hora do almoço e imaginei o prazer de devorar um bom prato de comida. Mas como, se realmente não sabia sequer fritar ovo? Resignei-me a fazer café, que ingeri com pão e manteiga. Ainda mastigando, concluí que não me satisfaria com esse tipo de alimentação. Dessa vez não escaparia à necessidade de cozinhar.

❖

Selecionados em diferentes organizações pela coragem, compúnhamos uma célula mínima, mas talhada para ações temerárias. Os coletivos de onde provínhamos se portavam como sócios de um investimento e se alternavam nos pedidos para realizarmos assaltos pelos quais nos remuneravam com dez por cento dos ganhos.

A singularidade de nosso perfil nos fazia famosos no mundo da guerrilha e da repressão. O fato de sermos liderados por uma mulher parecia nos agregar ainda mais belicosidade. Esse aparente paradoxo era desfeito pelo meu codinome, Camicase, a indicar que o desregramento generalizado reduzia meu prazo de validade, ao mesmo tempo que aumentava minha disposição para peitar o que surgisse em sentido contrário.

Contraditório de verdade era sermos célebres sem termos matado ninguém. Antes de nos juntarmos, alguns integrantes certamente haviam eliminado inimigos. Mas nosso pacto incluía silêncio sobre esse passado, cujos incidentes constavam apenas das folhas corridas individuais. Como pequena tropa de choque recém-criada, podíamos ser acusados de terrorismo, roubo etc., mas não de derramamento de sangue.

Eu ia invariavelmente à frente, arrostando o que aparecesse, muitas vezes abrindo caminho na bala. Os demais vinham atrás e, se não eram tão gélidos quanto eu, se irmanavam por biografias em que o valor da vida se reduzira a quase nada. Essa combinação era conhecida dos adversários, que nos guerreavam, é verdade, mas encontravam meios de evitar muita exposição.

O fato de nossas investidas não resultarem em ferido ou presunto incomodava ainda mais a polícia, que não conhecia fenômeno semelhante. Quanto à imprensa, via a falta de óbito como possível sinal de a repressão ser cúmplice de nossos assaltos a agências bancárias, escritórios suntuosos, mansões faustosas e condomínios finos. Tudo isso fazia com que, surgido havia apenas alguns meses, nosso bando já fosse, de longe, o mais procurado.

Ah, quantas vezes brindamos à fama precoce! Nem sequer imaginávamos que o suposto receio de nos enfrentar dissimulava a decisão de nos capturar com vida, afinal sabíamos sobre nós e acerca dos núcleos dos quais procedíamos. Qualquer pessoa livre da febre que nos levara à guerrilha devia perceber que, por mais que falsificássemos documentos pessoais para apresentar em blitzes e também em situações corriqueiras — como locar o imóvel decadente em que nos escondíamos —, deixávamos rastros e vestígios por toda parte.

A cada ação nossa, a polícia colhia dados que, conectados ao que já sabia, possibilitaram a localização de nosso esconderijo. A partir de então, os espiões incorporaram diferentes personagens, como o boêmio fuleiro que passou a fazer plantão no pé-sujo onde costumávamos pegar cerveja e a senhora de aparência suburbana a alardear produtos paraguaios na outra extremidade do quarteirão.

Necessitados de banho de sol, nos alternávamos nas idas à rua para fazer compras, pagar contas e tomar outras providências cotidianas. Ou seja, desfilávamos inocentemente sob os olhos compenetrados dos caçadores, que em certo momento devem ter espalhado máquinas fotográficas e miras de fuzil nas construções vizinhas.

Ao menos era assim que, deitada na cama da cela da casa situada no ermo, eu fantasiava os preparativos da polícia para nos pegar. Só não entendia que, em vez de dupla, trio ou mesmo quarteto, tivesse aparecido apenas um agente para me prender. Mais dissecava os detalhes de minha captura, menos entendia o que se passava.

❖

Mas, enfim, como estariam os outros? Igor, que vinha logo abaixo de mim na hierarquia, também teria sido preso? Filho de pai bolha e mãe descompensada, carecia de um dos elementos que parecem constituir esse núcleo inacessível, mas intuído, a que talvez possamos chamar de humanidade. Muitas de suas atitudes e opiniões davam a impressão de lhe faltar um componente fisiológico, não psicológico, sem o qual não conseguia experimentar empatia por ninguém.

Gastava palavras de ordem em favor dos oprimidos, falava com frequência da importância de se partilhar o patrimônio em todas as latitudes e aproveitava as mais diferentes ocasiões para desejar o bem do conjunto de habitantes do planeta. Mas os vocábulos não se encontravam com os sentimentos. Manifestava altruísmo como se ostentasse senha, talvez ciente de que demonstrar generosidade era condição de pertencimento ao meio, de esquerda, em que nascera, crescera e vivia.

No entanto, virava monstro durante os enfrentamentos ou simplesmente ao ser contrariado. Em ações, sua selvageria talvez encontrasse alguma justificativa na produção de adrenalina. Mas o que dizer da vez em que precisei me colocar à sua frente e propor que atirasse em mim, em vez de disparar contra seu companheiro de quarto apenas porque o coitado roncava além da conta?

Passado o surto, puxei-o para a cozinha, onde nos sentamos em companhia de Totó, que me chamava de namorada. Mesmo evitando reprimenda, sugeri ao destemperado que, em nome da liga do grupo, pedisse desculpas ao ameaçado. Não somente não me atendeu como abriu um sorriso sarcástico e disse que era melhor eu deixá-lo sozinho no quarto, pois se o ronco de qualquer pessoa que dormisse a seu lado o acordasse durante certos pesadelos... Então passou a uma verdadeira gargalhada, ainda por cima estridente, ao final da qual mudou abruptamente de assunto, enfileirando amenidades como se nada houvesse acontecido, em prova de completa falta de equilíbrio e pesar.

Como não sei o que é medo, poderia tranquilamente apontar minha pistola, desarmá-lo e exigir que se retratasse. Porém, esquisita de nascença, não me sentia autorizada a julgar nem mesmo Totó, que se dizia apaixonado por mim, mas era autocentrado a ponto de me amar como se me usufruísse.

Ao me ver colocando o peito contra o revólver de Igor, por exemplo, tentou me puxar e, ao perceber que não conseguiria, tratou de se esconder. Depois, quando conversávamos com o irritadiço, usou outros termos para reproduzir quase tudo o que falei, em aquiescência planejada, pois teve o cuidado de adicionar dados com os quais tentava magnificar sua recente atuação.

No início de nossa relação, achei incrível vê-lo narrar episódios em que outros assumiam o primeiro plano. Aos poucos, porém, percebi que se tratava de ardil para se imiscuir simpaticamente nos relatos, nos quais começava como desajeitado ou vacilão e, ao final, se impunha como merecedor do aplauso que reservamos a personagens principais.

Contudo, só acordei de verdade para sua desonestidade no dia em que chegamos ao sobrado. Totó percorreu os dois andares com sofreguidão e, em meio à poeira e à decadência, soube direitinho encontrar o quarto mais espaçoso, com janela maior e colchão suportável. Ao me anunciar a descoberta, não parecia nada incomodado em passar a perna nos demais e teve a desfaçatez de parecer que presenteava a "chefe", cuja autoridade precisava se impor por diferentes meios, a começar pela ocupação do melhor aposento; afinal, era lá que certamente ocorreriam as reuniões do núcleo duro.

A cada nova prova de mesquinhez ou malandragem, eu me perguntava como ele podia se considerar comunista. Sim, porque o ideal de igualdade era vivido tão intensamente que nos fazia trocar a mansidão da normalidade pelo inferno da luta armada. Travávamos uma guerra encarniçada com o regime por querermos democracia, está certo, mas sobretudo por sonharmos com um país justo, em que todos desfrutassem das mesmas condições.

Totó atingiu o máximo de cinismo e pilantragem ao aproveitar a bebedeira a que nos entregamos após uma ação que tinha rendido o suficiente para várias semanas de sobrevivência: ao ver todo mundo desfalecido de cansaço e álcool, simplesmente surrupiou parte do dinheiro. Coroou a trairagem ao colocar algumas cédulas sob o travesseiro de uma sergipana chamada Raquel, recém-integrada ao grupo.

Durante o interrogatório a que a submetemos, foi o mais gentil e delicado. No momento em que reuni todo mundo para selar o destino da suposta ladra, mostrou-se misericordioso. Chegou a aconselhar que levássemos em conta a fome do Nordeste, onde possivelmente a gatuna tinha família indigente, a depender do envio de dinheiro com que se alimentar.

Igor encabeçou a ala disposta a despachá-la para o além, sob o argumento de que deslealdade e perfídia são simplesmente intoleráveis na clandestinidade. Ou a deixaríamos partir ilesa, mas carregada de rancor e má intenção, disposta a nos delatar na primeira delegacia? Precisei me desdobrar para convencer a maioria a votar em seu confinamento até termos certeza de que era politicamente legítimo tirar a vida de quem havia decidido formar fileira conosco.

Uma das promessas feitas ao grupo foi de arrancar a verdade, a partir da qual tomaríamos a decisão final. Então comecei a puxar conversa com a suspeita, em cujo quarto de prisioneira, situado na parte mais úmida do térreo, passei a entrar com regularidade. Como resposta a cada pergunta que eu lhe fazia, Raquel deixava evidente que se sentia ultrajada pelo que lhe impúnhamos. Seu sotaque aberto parecia prova de integridade. As vogais, em especial, chegavam à minha consciência como se fossem estiletes bem pronunciados.

Além de suas palavras apontarem no sentido da lisura, a firmeza com que me olhava era abrasadora. Foi assim que invalidou a hipótese, levantada por alguns, de ter dado um jeito de enviar o furto à parentela na manhã seguinte à farra, quando todos dormíamos a sono solto. Somente a necessidade de ter todo o cuidado possível com a segurança do grupo me fez adiar o veredicto.

Um incidente, em especial, selou nossa aproximação. Em determinada conversa, vi uma lacraia de vários centímetros se aproximar de seu pé. Instintivamente, estiquei a mão e a pincei com o polegar e o indicador. Raquel percebeu o que estava acontecendo, então gritou, esticou as pernas e se encolheu no canto da cama.

Tive a atenção atraída pela sua reação de terror e, desprovida da pressa dos medrosos, demorei mais do que deveria para jogar a centopeia para longe. Logo senti a mordida do animal, que, finalmente arremessado, caiu a alguns metros de onde estávamos e tratou de sumir entre as gretas do velho piso de madeira.

Comecei a me contorcer de dor. Fosse como Totó ou Igor, Raquel talvez se aproveitasse para tomar minha pistola, me render e me usar de escudo para sair do sobrado. Em vez disso, disse para não me afobar, pois lacraia era o que não faltava na favela de onde viera, portanto sabia, por experiência própria, que a fama de que sua mordida causava morte era exagerada. O importante era eu lavar imediatamente o local da picada com água e sabão, em seguida procurar um posto de saúde, para amenizar a sensação insuportável e cuidar da ferida.

Tal comportamento era o que eu precisava para concluir que Raquel havia abraçado a luta armada devido às humilhações de toda ordem acumuladas desde a infância, mas sua revolta nem de longe sombreava sua boa índole. Diferentemente do que eu começava a ver em alguns, sua conduta se pautava no dificílimo valor da solidariedade.

Na volta do posto de saúde, gemi muito e falei pouco, enquanto anunciava que havia encontrado as procuradas provas. Assim que me recuperasse, as enviaria à organização original de Raquel, naturalmente após sacrificá-la. Mesmo os pesarosos gostaram de saber que o clima de dúvida e suspeita logo chegaria ao fim.

Nos dias seguintes, fingi que a dor continuava forte a ponto de me deixar aérea. Assim, podia acompanhar, sem que percebessem, os movimentos dos demais. A Totó, passei a comunicar com frequência, sempre em tom de reclamação, que precisava tomar mais um sonífero pauleira, pois somente apagando de vez conseguia escapar do grande incômodo.

Em comportamento típico de xodó cioso, o canalha permanecia a meu lado. Durante a vigília, assumia diferentes papéis: guerrilheiro aplicado, limpava as armas; jovem intelectual, lia algum livro; moço preocupado com o sentido da vida, franzia o cenho como se filosofasse. Mas também analisava minhas reações aos barulhos da rua, da casa e do quarto.

Até o início de tarde em que, convencido de que o medicamento realmente não me permitia dar conta de nada, usou uma faquinha para levantar um pedaço do assoalho no canto do cômodo, retirou maços de notas e saiu. Pela janela, vi que pegava a esquerda. Saí do quarto apressadamente, tendo o cuidado de explicar a quem encontrei na sala que estava atrasada para uma consulta médica.

Ao chegar à Avenida Rio Branco, Totó foi direto ao Banco Nacional. Como pisávamos em agência apenas para assaltar, o caso do roubo parecia elucidado. Mas certeza só serve se absoluta, então entrei e fui até a pequena bancada dos formulários, onde comecei a fingir que preenchia uma guia de depósito. Sim, o cretino passou o dinheiro para o caixa.

Parecia óbvio que pretendia sumir de nossa convivência. Mas não rumo a algum ponto do território brasileiro, ou teria seguido direto para a rodoviária. Como somente certas terras estrangeiras ofereciam exílio a gente em nossa situação, talvez planejasse fazer um pé-de-meia que lhe permitisse embarcar para destino previamente combinado.

Fosse como fosse, concluí que eu liderava um bando em que a maluquice predominava e as extravagâncias de alguns se mostravam contrárias à ética, abalando o principal motor do movimento: a utopia. Decidi entregar o verdadeiro larápio sob pena de não conseguir libertar Raquel. O dilema maior dizia respeito à minha permanência na guerrilha.

O barulho de automóvel me fez imaginar uma equipe chegando para fazer aquilo no qual a polícia se especializara: torturar e, dependendo do andamento do interrogatório, matar. Os assassinatos eram cometidos sobretudo em instalações não oficiais, como aquela em que me encontrava.

No entanto, as pisadas a se aproximarem da casa eram de uma só pessoa. Logo Carnífice gritou que me preparasse, pois entraria no quarto. Ao me ouvir estar pronta, abriu a porta e me passou mais um saco, agora com roupas.

— Vista alguma coisa leve. — Saiu e fechou novamente a porta, para eu ficar à vontade. — Mas se apresse, que o sol logo se põe.

Pensei em dizer que entendia cada vez menos o que estava acontecendo, mas a perspectiva de passar algum tempo longe daquele forno falou mais alto. Em vez de atrapalhar o passeio com diálogo inútil, tratei de colocar um short e uma camiseta, que, surpreendentemente, deram direitinho.

O sítio se encravava numa área de mata atlântica que, em meados dos anos setenta, era grande a ponto de as extremidades parecerem inalcançáveis. Ao me trazer, Carnífice havia parado em algum ponto do caminho esburacado, descido do carro e aberto uma cancela, fechada com corrente logo depois de passarmos. Desestimuladora em si mesma, a porteira possivelmente tinha dessas inscrições que anunciam propriedade privada (mesmo que seja pública) como se ameaçassem de morte quem ousar ultrapassar.

O verde em volta da casa era alto e fechado. A proximidade dos pássaros tornava o chilreio generalizado ainda mais envolvente. Mexida pelas muitas emoções vividas nos últimos dias, comecei a me emocionar, então apressei o passo até a vereda que o automóvel usava de acesso, levantei o rosto, mirei a luz solar e deixei a lágrima descer.

— Tenho fotofobia — aleguei, afinal choro não combina com guerrilheira.

— Sei. —.O laconismo de Carnífice podia ser de tudo, menos de concordância.

Além de oferecer sol, a estrada improvisada era senda propícia a caminhadas e corredor para um ventinho delicioso. Instintivamente, tirei a blusa e deixei que os diferentes elementos da natureza me cobrissem de carinho.

Dessa vez, Carnífice não me censurou, limitando-se a olhar para o outro lado. Era como se reconhecesse meu direito de curtir plenamente a saída, mas, contrariamente à reação esperada de brutamontes ao se ver sozinho com mulher, se comportava como segurança profissional.

— Você é gay? — Nunca tinha me imaginado formulando frase tão infame.

— Não. — Riu levemente. — Apenas dei minha palavra.

— À mulher por quem é apaixonado?

Seu silêncio me pareceu prova de que se continha não por fidelidade amorosa, e sim por compromisso assumido junto a quem lhe tinha ascendência a ponto de proibir que me tocasse. Seria seu chefe, que, informado da lascívia que me tomava sem que eu sequer percebesse, havia ordenado que me guardasse incólume? A suposta existência de alguém que me protegia da tortura imediata embaralhava ainda mais minhas conjecturas.

A caminhada me encheu daquela fome que somente alimento consistente satisfaz. Mas como encarar de novo a gororoba horrível distribuída pelas panelas como se as sujasse? O feijão insosso e esturricado desconvidava. O arroz formava blocos desencorajadores. A causar verdadeira repulsa, a carne mantinha parte do sal e da inhaca originais.

Fiz mais café e, enquanto passava manteiga no quarto ou quinto pão francês do dia, comecei a ouvir barulhos vindos da cozinha principal da casa. Logo chegavam a meu nariz odores variados, de uma comida feita com dedicação e, ao que tudo indicava, experiência.

— Sempre soube que você era torturador! — gritei. — Só não conhecia o suplício culinário!

Carnífice passou algum tempo parado, como se avaliasse o que eu lhe falava e bolasse uma resposta. Mas nada disse e logo retomou a atividade. Ao final, porém, pediu que me vestisse. Então abriu a porta, ao lado da qual deixou um prato de bife com batata frita e uma garrafa de cerveja.

— Que tal jantarmos juntos? — sugeri, entre o convite e a provocação, mesmo sabendo que ele não aceitaria, pois a máscara dificultaria a chegada dos alimentos até a boca.

Ao ficar sozinha, tratei de encher um copo de cerveja. Mesmo quente, o líquido cumpriu sua razão de ser: me transportou mentalmente para longe da clausura. Voltei a pensar no ineditismo de minha situação de presa política que não sofria tortura e, ainda por cima, era agraciada com regalias reservadas a detentos de colarinho branco. Quem seria meu protetor?

❖

Para se locomover, precisava mais que caminhar: girava as pernas bambas para um lado e para o outro, em coreografia complicada que, entretanto, resultava sempre em passo adiante. A bengala se mostrava tão fundamental quanto o tronco ao equilíbrio do todo, deslocando-se em velocidade lenta, mas contínua, respeitada pelos estudantes que o acompanhavam no ingresso e na saída da sala.

Suas aulas não tinham plateias muito numerosas, mas eram frequentadas com assiduidade e fascínio, mostrando-se parte de uma interlocução esticada até o corredor, a cantina e a casa. No sobrado que herdara em ponto alto do bairro da Glória, partilhava as funções de anfitrião com a professora mais atenciosa da faculdade, a quem não chamava de esposa (talvez por considerar burguês) nem mulher (possivelmente por achar machista), e sim companheira.

Os dois pareciam somar o que haviam acumulado individualmente em termos de compreensão humana, de modo que vibravam com cada mostra de inquietude de seus jovens interlocutores. Exaurida pela censura com que o mundo tratava meu comportamento, fiquei pasma de ser acolhida sem qualquer moralismo e, na verdade, com apreço, como se premiassem minhas particularidades.

Depois de sobreviver à doença que quase o aleijara, o professor partilhava comigo a falta de medo da vida e da morte. Enquanto muitos de seus colegas silenciavam sobre as ações dos milicos e, no máximo, se limitavam a alusões dissimuladas por metáforas, nunca mediu palavras ao analisar a situação. Tinha para mim que via a condição de quase cadeirante como *habeas corpus* preventivo.

Tanto em sala de aula quanto em casa, evitava frases burocráticas, canhestras ou opacas, tendo o cuidado de mobilizar o conjunto das humanidades como estofo e cenário de uma verbalização estetizada. Assim, o criticismo jorrava sem peso, reforçado pelo artefato com que se equilibrava — o qual, esgrimido, animava e inspirava.

Em determinada conversa na ampla sala do primeiro andar, o professor contou que durante o romantismo brasileiro muitos estudantes de direito e medicina se entregavam a brincadeiras, farras e práticas ditas nada sérias, como escrever poesia e prosa. Previsivelmente, logo após a formatura assumiam as carrancas reservadas aos homens sérios e afastavam para bem longe qualquer resquício de gaiatice. O relato da guinada vivida pelos graduandos oitocentistas foi acompanhado de movimentos enérgicos do cajado, em alerta quanto à importância de aproveitarmos a idade para radicalizar a rebeldia.

O enfático toque rendeu uma caudalosa leva de poemas e contos anônimos, impressos no mimeógrafo do casal e distribuídos na faculdade. Os versos a fazerem mais sucesso se intitulavam "Juventude com as próprias mãos". Conforme apenas nós sabíamos, tinham como autor um padre recém-ordenado chamado Maílson que, depois de filosofia e teologia, fazia letras por ver a literatura como janela especialmente propícia ao vislumbre da natureza humana.

Não era de minha turma, portanto jamais cursamos matéria juntos. Como a batina já chamava muita atenção, tentava se manter discreto na faculdade, onde jamais integrava a comitiva que acompanhava o professor. Tampouco aparecia na Glória com frequência e, mesmo quando a agenda de religioso permitia que viesse a nosso encontro, pouco falava, preferindo passar o tempo a nos ver e ouvir.

Ao ser aplaudido pela boa acolhida de seu poema, agradeceu com um obrigado quase inaudível e um sorriso tímido. Assim que a roda de conversa se pulverizou em papos paralelos, tratou de se afastar do grupo até o janelão, onde ficou sozinho, a mirar a marina como se perscrutasse o futuro.

Aproveitei para me aproximar e cochichar — de modo a não ser ouvida por mais ninguém — que a maneira enérgica com que o professor manejava a bengala e as conversas sobre a juventude romântica tinham me estimulado a pegar em armas, mas a decisão só viera ao final da leitura de seu poema. Em vez de lisonjeado, retesou o corpo e me lançou um olhar de quem se culpava pelas consequências das estrofes. Em segundos, éramos dois a fitar silenciosamente o mar.

Aguardei a partida de todos e anunciei a resolução aos anfitriões, que me submeteram a um longo questionamento, durante o qual sublinharam a gravidade do passo que eu pretendia dar. Somente ao verem desmontados todos os argumentos usados para me demover da ideia, aceitaram me apresentar a um dos vários ex-alunos mergulhados na clandestinidade.

Nos zigue-zagues a que forçava meu cérebro, o tratamento recebido de Carnífice me levou a pensar na rede de contatos do casal. Mas não no pessoal da guerrilha, e sim nos diferentes segmentos das forças armadas. A dificuldade de conciliar os horários dos cursos nos forçava a fazer inscrição em disciplinas ministradas por docentes ideologicamente distantes, com os quais, no entanto, podia acontecer o milagre de estabelecermos relações alheias ao quebra-pau em volta. Quem sabe algum aluno ou ex-aluno das polícias civil, militar e federal fosse meu anjo? Havia também a possibilidade de ser alguém do Exército, da Marinha ou da Aeronáutica. Sabe-se lá.

⁂

Àquela altura, tinha certeza de que Carnífice não era da guerrilha ou, ao menos, não era um guerrilheiro típico. À habilidade com que havia me rendido e algemado se somava a distância profissional mantida durante a caminhada e sempre que entrava em meu quarto. Rematavam minha convicção o fato de se dirigir ao mundo como se o interpelasse e, sobretudo, a aparência física: dotado dos músculos necessários ao enfrentamento corporal, diferenciava-se da quase flacidez dos universitários e também de nossos companheiros mais rodados; porém, dado a atividades que se alternavam entre o estresse e o sedentarismo, começava a ganhar um pouco de banha.

A aparente fidalguia contrastava com sua aparência e com o ofício que eu lhe atribuía, reforçando a incógnita a cercar minha situação. Mas a cerveja começou a fazer efeito em mim, portanto também nele, o que me deu esperança de desvendar o mistério. Ao ser agraciada com uma segunda garrafa de 600 ml, então, tive certeza de que acabaríamos rendidos pela atração que duas pessoas isoladas do mundo costumam experimentar.

Lembrei de Sherazade, que conseguiu evitar a morte adiando o desfecho das histórias com que entretinha o rei. Como entre nós não havia conversa, a narrativa se faria das refregas, que eu tornaria cada vez mais prazerosas. Assim, manteria a vontade da repetição, marcada pelo principal condimento de toda história: o crescendo. Em determinado momento, ele adormeceria de exaustão, então eu pegaria suas armas e sumiria no Opala.

Entretanto, Carnífice cortou minha fantasia ao gritar absurdamente do outro lado:

— Deus é muito misericordioso!

— Se de fato existir, né? — Foi o máximo que meu ateísmo permitiu responder. — Agora, o ser humano, que realmente existe, não vale porra nenhuma!

— Mas Deus perdoa a gente!

— Abre essa porta, pra gente conversar direito! — Resolvi aproveitar o diálogo furado para dar um passo fundamental à aproximação.

— Desculpe, mas sou apenas humano. — Soltou uma gargalhada estranha, como se a rapidez com que álcool pode mudar o humor levasse à substituição repentina do contrito pelo sádico. — Só Deus é bondoso!

— Bondosa sou eu, que me dou toda! — ainda berrei, transformando o papo chato em convite à cópula.

Mas não acrescentou nada, o que me deixou desconcertada. Em pouco tempo, seus roncos comprovavam que meu plano de fuga havia fracassado. Acostumada a atiçar os homens sem precisar sequer abrir a boca, não entendia sua indiferença a meu oferecimento explícito.

❖

Durante a insônia, lastimei que a marcha da humanidade sobre o planeta fosse marcada pela barbárie. Mostra disso era que, na região do globo que habitávamos, agentes da lei usavam as armas com as quais deveriam proteger os direitos civis para sufocar as populações e matar os poucos insurgentes.

Como violência e insanidade costumam andar juntas, o mesmo teto que me protegia abrigava um sanguinário que, sem base alguma, tinha inventado uma divindade generosa a ponto de perdoá-lo. Mesmo que esse lugar enfadonho chamado céu existisse, reservava-se a quem demonstrasse amor ao próximo. Como explicar que um sequestrador, torturador e criminoso se acreditasse seu futuro hóspede?

Ataquei a pergunta, mas não consegui avançar, pois a essa altura meu cérebro tinha virado ringue. Mal surgia uma imagem, a reflexão a cercava desafiadora e, tão logo a decodificava, emitia parecer, como se assim a dominasse. Contudo, a certeza de que estalo algum me livraria do sufoco desmoralizava cada análise, por sua vez escorraçada por lembranças de tempos diferentes, a se atropelarem umas às outras.

A primeira recordação trouxe mamãe, agachada para ficar na minha altura, fazendo foco em meus olhos para ver se decifrava minha diminuta pessoa. Em seguida, levantou a cabeça na direção de papai e contraiu o rosto, a exigir que se mostrasse menos frouxo. Mas como, se o baixinho bigodudo tinha medo até de que meu destemor fosse prova de não ser sua filha?

Flagrar Totó no banco me deixou possessa e transtornada. Como podia se dizer apaixonado pela líder do grupo e, num só movimento, atraiçoar o coletivo e empurrá-la para a morte? Agora, pensando bem, minha ira e meu desprezo permaneciam, mas surgia a hipótese de o pretenso malandro estar juntando dinheiro para propor uma fuga comigo.

Se Carnífice saía pela manhã e voltava lá pelas quatro da tarde, não devia partilhar endereço com alguém que o esperasse, fosse mulher ou mãe. Eu o imaginava dando plantão normalmente e, ao final, soltando aquele tchau sem emoção com que nos despedimos de quem temos certeza de rever no dia seguinte. A nova pergunta era: até quando me manteria ali, à beira da loucura, atenuando o peso do cativeiro com comida condimentada e cerva?

Em certa tarde de conversa em que o professor nos fez sonhar com um futuro de igualdade, alguém perguntou se a casa em que nos encontrávamos ia ser doada por escritura ou testamento. Pois era óbvio que, sem filhos, o casal manteria o usufruto do imóvel, mas garantiria sua transmissão para a mãe solo que morava com o filho nas dependências de empregada. Pela primeira vez, o mestre gaguejou: disse que, dada a delicadeza do tema, preferia falar a respeito em outra ocasião.

Raquel e eu convivemos pouco, portanto não tive tempo de descobrir defeitos na sergipana. Na verdade, seu astral era tão bom que parecia harmonizar o conjunto de suas expressões e palavras à positividade plena que associávamos à causa. Aqui e ali, seus olhos se abriam tão francamente que, em vez de esquadrinhá-los em busca de provas do roubo, eu me sentia encantada. Logo vinha a vontade de cobri-la de amor. Quantas vezes precisei abandonar o interrogatório pelo meio e sair para tomar ar!

Ao perceber minhas peculiaridades, mamãe ainda tentou me controlar. Gritos, beliscões, cascudos, palmadas e outros flagelos transformaram minha primeira infância numa sucessão de maus-tratos de que nunca esqueci. Receoso de me traumatizar, papai se limitava a implorar que eu contivesse os toques corporais e as exposições a riscos, até o dia em que, de tanto se mostrar pusilânime, levou umas vassouradas da consorte.

Por mais que tentasse, eu não sabia o que achar de Igor. Seus rompantes me faziam pensar que muitas pessoas aderem a certas causas não por altruísmo ou politização, e sim por verem o enfrentamento do dito sistema como possibilidade de acomodar seu próprio desajuste. Ele devia pensar o mesmo a meu respeito, pois de vez em quando me lançava um olhar de uma cumplicidade que não tinha com ninguém. Assim talvez se explicasse nossa ascensão a dirigentes. Mas não nos iludíamos: só ocupávamos os postos por servirmos à perfeição como bois de piranha.

A pediatra se interessou por meu caso, sobre o qual começou a preencher fichas de cartolina. Numa delas, transformou em hipótese a intuição a que mamãe sempre se agarrou: meu problema era cerebral e havia surgido durante meu doloroso parto, quando o obstetra precisou usar fórceps com tanta força que marcou minha cabeça em quatro pontos diferentes. A senhora que me gerou ficou muito emocionada de finalmente se sentir ouvida.

Cabelo grande, cavanhaque misturado a barba de dias, camiseta surrada, calças desbotadas e tênis encardido, fixou os olhos em mim e não largou mais. Para onde me virava, esbarrava em sua expressão súplice, a implorar de tal maneira minha atenção que, em vez de aborrecer, divertia. Em certo momento, tive a impressão de que babava, então o chamei de Totó. Achou o apelido tão romântico que o adotou como nome de guerra.

O professor não contou que eu estava prestes a sumir, mas disse desprezar a ideia, nutrida por muitos adultos e idosos, de que a juventude do passado valia mais que a nossa. "Como falar mal de quem arrisca a vida enfrentando a ditadura?" No embalo, anunciou que, como a fragilidade da saúde parecia indicar que não duraria muito, precisava explicar que, por lei, sua pensão seria transferida automaticamente para sua parceira. Quanto ao casarão, viraria centro cultural. E que ninguém se preocupasse com a empregada e seu filho, pois teriam uma moradia digna. Foi aplaudido de pé; afinal, além de oferecer uma resposta convincente a uma indagação incômoda, imprimiu caráter histórico a um cenário que víamos como revolucionário.

No terceiro dia, Carnífice quebrou o silêncio com novos gritos sobre religião. Ocupada em acariciar simultaneamente a segunda garrafa de cerveja e o copo de vidro, insisti para que abrisse a porta, de maneira a aprofundarmos a confabulação. Sequer deu pelota a meu pedido, acrescentando, exultante, que o sacramento da confissão o deixava zerado.

— Eu sabia que você era católico! — Realmente achei bom ver confirmada parte de minhas suposições.

Carnífice disse se achar um sortudo: finalmente havia encontrado um padre que o compreendia de verdade. Solícito ao extremo, o sacerdote marcava encontros no confessionário em horários em que a igreja estava vazia, quando podia ouvi-lo pacientemente e, após se inteirar de tudo, aconselhá-lo com calma. Ao final, o absolvia.

— Inclusive do pecado de assassinato? — espicacei.

Em vez de responder diretamente, disse que, para redimi-lo de faltas sem remédio, o padre prescrevia as orações de sempre, mas sobretudo missões que o obrigavam a converter o ódio em amor. Perguntei em que consistiam, mas naturalmente se fez de surdo, lançando-me de volta ao martírio das cogitações.

A Igreja Católica se dizia capaz de perdoar pecados, mas estaria disposta a dilatar a mentira a ponto de prometer vida eterna a um serial killer? Se bem que boa parte do clero via o regime como uma bênção e nos encarava como inimigos mortais. Ao optarmos pela clandestinidade armada, teríamos destruído a paz e instalado o terror. A nos ancorar ainda mais na delinquência, éramos majoritariamente ateus. Quem nos combatia só podia ser considerado do bem. Vai ver que era isso.

Ao enfrentar hereges, Carnífice renovava o espírito das Cruzadas. Como fazia o trabalho sujo de uma guerra santa, crescia ainda mais como herói. Dava até para imaginar seus balbucios nalgum confessionário militar, onde recebera garantias de que seria recompensado com a salvação.

Após recomendar a reza de três padres-nossos e três ave-marias, o capelão teria acrescentado que, diferentemente de atrocidades cometidas contra inocentes, a crueldade com que nos tratava lhe abriria as portas do firmamento. Prova da generosidade divina não era a absolvição, que vinha *a posteriori* e, a rigor, nem precisava; Deus havia se mostrado infinitamente bondoso antes, ao escolhê-lo para a augusta missão de salvar a pátria.

A conclusão me parecia plausível, ainda que nascida da difícil conciliação de raciocínios díspares. Tive a impressão de compreender a religiosidade de Carnífice, mesmo que, para tal, haja imaginado cenas e personagens que talvez nem existissem. Mas a tranquilidade proporcionada pelo que me pareceu um insight logo foi abalada pela avalanche de novas reminiscências, entre as quais mesmo as felizes causavam algum desconforto.

Agora, entre todas, a que mais doía era a lembrança de Raquel me implorando para desamarrar suas mãos um pouco, pois precisava urgentemente roer as unhas. Nunca havia sentido tal vontade, que, no entanto, irrompia avassaladora. Relembrando o episódio em situação análoga àquela em que ela se encontrara, caí no pranto ao pensar que talvez nem isso a coitada pudesse mais fazer.

Em determinado momento, a pediatra passou a mostrar as anotações a colegas mais experientes, que tampouco se sentiram habilitados a fazer qualquer diagnóstico, limitando-se a formular novas perguntas e sugerir mais exames. Ao final de dois anos, ficou claro que ninguém compreendia minha síndrome, mas o bom era que, a despeito dos supostos efeitos do uso exagerado do fórceps, não se percebia qualquer problema de saúde.

Igor aproveitou que seguíamos à frente para dizer, como se tivesse ensaiado, que o fraco e finório Totó não era homem para mim. Reagi à cantada examinando seu corpo de alto a baixo, para admitir que o galanteador era um gostoso. Acrescentou que tínhamos visões diferentes da humanidade, mas nos irmanávamos pela energia, cuja fusão seria mais forte que a bomba atômica. Como a atração física neutraliza qualquer juízo ético, passei a fantasiar práticas e posições com meu novo paquera.

Para se mostrar representativa, a comitiva era integrada por gente de diferentes faixas etárias. À frente se encontrava uma vizinha desocupada que, como acompanhava os movimentos da rua de binóculos, se arvorava em misto de líder e xerife. A palavra a sintetizar o sentimento de todos era possessa, pois, com poucos anos de vida, eu já erotizava tudo e, dotada de uma coragem demoníaca, botava para correr até adolescentes. Papai ainda tentou acalmar os ânimos com a notícia de que eu estava em tratamento. Mas foi escanteado por mamãe, que enumerou os podres dos manifestantes, aos quais mostrou uma das facas que, por medo de que eu fizesse besteira, vivia escondendo de mim. Nunca mais teve manifestação na porta lá de casa, de onde, no entanto, passei a sair sempre acompanhada por um de meus pais.

Maílson também bateu palmas após o discurso do professor, mas, sabendo que o enaltecimento da coragem da juventude era maneira dissimulada de sinalizar meu ingresso na guerrilha, teve os olhos cobertos pela tristeza. Assim que pôde, foi para o janelão, onde se manteve como se precisasse do ar do universo. Logo me coloquei a seu lado e, quando me dei conta, apertava sua mão direita.

Comentei, como por acaso, que era filha única. Totó se apressou em dizer que também reinava sozinho na casa dos pais. Interessado em encontrar afinidades que justificassem nosso relacionamento, mal sabia que eu recorria a noções elementares de psicologia para entender seu egocentrismo. A nova descoberta reduziu minha irritação diante da maneira pegajosa com que me tratava: enciumado ao extremo, ousava me repreender sempre que eu me mostrava sensual e, convencido de que o mundo via meu comportamento como convite, me cercava por todos os lados, evitando que eu ficasse a sós com outros caras.

O colégio pensou em me expulsar, mas viu que eu: 1) não puxava briga, apenas me defendia sem medo; 2) soltava carícias a torto e a direito, porém, se acolhia de bom grado a maioria das abordagens, não assediava ninguém; 3) só tirava boas notas. Então a diretora se limitou a me obrigar a frequentar o gabinete da psicóloga, que, compreensiva ao extremo e exímia colocadora de panos quentes, passou a se reunir também com meus pais. Cada um a seu jeito, todos comentávamos os ocorridos, que lhe possibilitavam elaborar relatórios convincentes o bastante para servir de desculpas a eventuais reclamações e me manter estudando. Que mais se podia fazer, se a ciência não tinha explicação para meu caso?

Totó se desdobrava em paparicos e vivia me perguntando se eu havia percebido o amor se anunciar, mesmo que fosse um pouquinho. Ao ouvir que não, repetia o argumento de que, de toda forma, sentimento capaz de impulsionar a construção de um lar, por exemplo, era para quem levava uma vida normal. De fato, eu concordava, somos como os dadaístas, que, certos da vitória da inimiga Alemanha, não se preocuparam em produzir obra duradoura. Em nosso caso, rematava o gamado, meu desvelo cumpre uma função revolucionária ao permitir que você se concentre na causa. Poucas vezes dois amantes foram tão claros quanto ao uso que faziam um do outro.

Necessitada de exceder a dimensão física sem apelar para a metafísica, a terapeuta apontou as marcas de fórceps como possível causa de trauma e, assim, dignificou ainda mais a suspeita de mamãe. Papai também ficou feliz com o que pareceu avanço. Mas os dois só relaxaram de verdade ao ouvirem a psicóloga se dizer contrária a apelarem para a área da psiquiatria: "Já pensou se algum alienista maluco resolve fazer incisões no cérebro da menina?" Assim se interrompeu a tentativa de se elucidar meu quadro, que, associado ao parto, passou a ser visto com um certo conformismo.

Igor fez minha segurança durante uma reunião dissimulada, em pleno Campo de Santana, com o representante de uma organização que nos financiava. Enquanto o "cliente" e eu fingíamos alimentar os gatos abandonados no parque para cochichar combinações, o rapagão circulava em volta, fazendo esforço para trocar o empertigamento de estudante de Educação Física pelo leve arqueamento que atribuíamos aos interessados em botânica. No caminho de volta, confessou que durante o entrevero dos roncos torcera muito para que Totó ousasse me substituir na frente de sua arma. Poderia haver declaração de amor mais bruta?

❖

No decorrer do jantar regado a cerveja do quarto dia, Carnífice deu continuidade ao monólogo monotemático, dessa vez para enaltecer a igreja barroca que frequentava, cujos traços arquitetônicos, imagens e cantorias lhe permitiam degustar antecipadamente o paraíso. Pela descrição do templo, depreendi que seu confessor não era capelão. Entretanto, em vez de progredir em minha tentativa de compreender, vi ainda mais bizarrice no vínculo entre monstro e céu.

Reiterei meu desprezo por religião, mas claro que não me ouviu. Em repetição do mesmo script, caiu no sono e logo roncou, me deixando a falar sozinha no outro lado da parede, onde minhas únicas companhias eram os fantasmas do presente e do passado.

Mamãe não nasceu especialmente corajosa e só enfrentava a hostilidade à nossa volta por falta de opção. A base de sua força era o desespero de ver o homem com quem tinha casado olhando para o mundo de baixo para cima, como a implorar perdão e esperar ordens. Esse nó familiar, que apertava especialmente a garganta de papai, pareceu chegar ao ápice no momento em que pedi para aprender a dirigir. Ela proibiu, pois me antevia lançando o automóvel contra quem me incomodasse no trânsito. Ele, que não era doido de me contradizer, combinou de me ensinar escondido, em estradas de terra do outro lado da cidade, onde não corríamos risco de encontrar conhecidos.

Ao ver Totó depositando o dinheiro de todos, não consegui sentir raiva, pois já esperava o pior. Fui tomada, isso sim, pela pena de Raquel, que precisava ser libertada urgentemente. Antevi o bate-boca com Igor, que usaria os argumentos de sempre para apontar a insegurança em que a partida dela nos deixaria. De fato, mesmo sem querer, a sergipana poderia soltar alguma informação comprometedora aos ouvidos de amigos e parentes, entre os quais certamente havia admiradores do regime, portanto dispostos a nos dedurar. Mas então que apagássemos as marcas da estada no refúgio e partíssemos para outro, eu diria com aquele ar, que todos conheciam, de disposta a tudo, contanto que se fizesse o que me parecia justo.

Precisei de muito tempo para admitir que me amparava na compaixão por Raquel para evitar a dor diante da inevitável eliminação de Totó. Mesmo que não o amasse, havíamos nos misturado de tal maneira que matá-lo seria, de alguma maneira, me mutilar. Até então, fazíamos assaltos potencialmente suicidas, mas ainda não tínhamos baleado ninguém nem sido alvejados, portanto vivíamos numa espécie de jardim de infância da luta armada. Se sujar as mãos de sangue já nos abalaria profundamente, guilhotinar alguém de nosso próprio lado traria consequências incalculáveis para quase todos nós.

O jogo vigiado em que nos encontrávamos não comportava coincidência. Ser pega justamente no caminho de volta da agência levava a pensar que Totó era agente infiltrado, a se fazer de isca. Seu grude comigo lhe oferecia uma visão privilegiada do grupo como um todo. Como saíamos sozinhos, alternadamente, para comprar víveres e tomar outras providências, nada impedia que usasse um orelhão para informar regularmente sobre cada um de nós e, em determinado momento, combinar o bote. Depois de a polícia matar Igor, Raquel e os outros companheiros, o cafajeste apareceria para desfrutar de mim até a morte. Carnífice evitava me tocar não por respeito ao gênero feminino, e sim por deferência ao colega.

Sempre que a realidade se tornava insuportável, eu recorria à lembrança do piquenique na então distante e deserta Barra da Tijuca. Programamos o passeio para o aniversário de mamãe, que, sensibilizada por havermos bolado algo bacana para comemorar seu nascimento, aceitou que a vendássemos. Alegamos que nos destinávamos a uma praia que somente ela não conhecia, portanto queríamos fazer uma surpresa. A desculpa era boba, mas me possibilitou assumir o volante sem protesto. Bastou o velho Volks de quatro portas andar alguns quilômetros para eu sugerir que destapasse os olhos. Ela teve um sobressalto de me ver dirigindo, mas logo chorava de alegria ao constatar que eu conduzia com calma e cuidado, em prova de que, diferentemente do que se supunha, eu era o que se costuma chamar de pessoa normal. Foi a jornada mais feliz e família de minha vida.

❖

Acordei com os barulhos matutinos de Carnífice, tomei café e me preparei para o banho de sol. Como sempre, estava muito ansiosa, pois o passeio a pé me permitia passar algum tempo longe da solidão e do calor, mas sobretudo interrompia a desgastante atividade cerebral, com seu pendor para o pessimismo.

Diferentemente das outras manhãs, porém, Carnífice saiu sozinho de casa, entrou no carro, deu partida e se foi. Mas como, se desde o segundo dia inaugurávamos a jornada com caminhada? Certa de que passaria o dia trancafiada, gritei ofensas até ficar rouca, mesmo sabendo que sequer me ouviria. O mais preocupante na quebra da rotina era sinalizar que a situação havia mudado.

Fui imediatamente tragada pelas malditas reflexões, quando tudo o que queria era me anestesiar. A tarde trouxe alguma esperança de Carnífice regressar e tudo retornar aos eixos (como se o que tínhamos vivido até a véspera fosse corriqueiro). No entanto, as horas seguiram seu curso sem novidade. A mente latejava, sem que eu pudesse me agarrar em pensamento capaz de acalmar.

Quando fez escuro, a exaustão finalmente conseguiu me adormecer, mas o sono foi atravessado por pesadelos. Até que acordei com o barulho do Opala ao longe. Não havia relógio no quarto, porém parecia noite avançada ou mesmo madrugada. Em cada detalhe eu via presságio de desenlace trágico.

Carnífice bateu a porta do automóvel com força, entrou na casa aos prantos e foi direto ao banheiro. Embaixo d'água, começou a se esfregar com tanta força que urrava de dor. Horríveis eram também seus gritos de maldição, alternados com pedidos de clemência aos céus.

— Assassino! — berrei o mais alto que pude, caindo igualmente no choro.

Ficamos bradando, cada um de seu lado, eu tentando o confronto e ele completamente alheio à minha existência. Em determinado momento, captei fiapos de frases que, colados com fragmentos inventados por minha cabeça, davam conta de um pai que não lhe havia ensinado nada, a não ser matar. O sol raiou e a manhã avançou, mas nem assim paramos.

Em certo momento, ouvi ruído de garrafa sendo aberta. Exigi que ao menos tivesse a nobreza de me dar bebida. Ordenou que eu subisse na cama, de onde nem de longe fizesse a besteira de descer. Então abriu a porta, ao lado da qual colocou uma sacola de pano com seis cervejas. Com a outra mão, empunhava a arma — pela primeira vez, engatilhada.

A triplicação do número de garrafas confirmava a chegada de minha hora. Ao me sequestrar, Carnífice havia facilitado o cerco aos demais, pois mesmo Igor, que era todo ímpeto, não tinha cabeça para planejar ação coletiva, fosse de ataque ou fuga. Agora, com o corpo da organização aniquilado, faltava destruir a cabeça.

Cheguei a pensar em permanecer sóbria e, assim, atrapalhar o remate. Mas a necessidade de evasão foi mais forte: me lancei com avidez sobre o primeiro copo e assim segui até que a combinação de esgotamento e embriaguez me apagasse.

❖

Eram balbucios macios que, em espanhol, pareciam ainda mais distantes da realidade. Abri os olhos e estranhei muito de me ver em hábito religioso. Mas a situação começou a clarear, pois avistei Maílson na porta da cela, conversando baixinho com duas freiras.

Ao perceberem que eu acordava da sucessão de soníferos ministrada por Carnífice para me manter desacordada durante a viagem de dia e noite inteiros, as duas irmãs se afastaram. O padreco se aproximou e me estendeu a mão, para o aperto que conhecíamos. Entretanto, dessa vez fomos além: nos abraçamos e choramos a morte dos demais integrantes de meu grupo.

Maílson contou que durante as confissões havia tentado salvar todo mundo, porém Carnífice dizia e repetia que, como éramos poucos, o máximo que conseguiria era livrar um de nós. Ainda assim, a ação poderia lhe custar a carreira e a própria pele.

Para não despertar desconfianças, Maílson o tranquilizou: Deus entendia que mesmo os sacrifícios tinham seus limites, portanto a salvação de uma só pessoa já garantiria o perdão de todos os pecados. Mas desde então passou a viver seu maior drama de consciência: como me salvar e, mesmo assim, ser justo?

No início, decidiu fechar o coração e escolher aleatoriamente. Para tanto, tentou abstrair das características dos membros do grupo, cujos nomes e traços conhecia bem. Ao longo das conversas angustiadas sobre os preparativos para eliminar mais gente, Carnífice tinha lhe passado detalhes fornecidos por Igor — infiltrado justamente por ser tão porra-louca quanto nós.

No entanto, a vontade de me manter viva persistia. Ao final de muita meditação sem resposta, Maílson recorreu ao orientador espiritual, em quem confiava plenamente. Consoante a mania religiosa de interpretar tudo à luz da Bíblia, o velho monsenhor disse que, tanto quanto Abraão se dispusera a sacrificar o próprio filho, o colega mais jovem deveria esquecer a amizade por mim.

Obediente, Maílson anotou nossos nomes em pedacinhos de papel, que dobrou e colocou dentro de uma caixa. Em prol da imparcialidade, foi até a calçada e pediu ao primeiro passante que escolhesse aquele ou aquela que ganharia uma rifa paroquial. Por dentro, torcia, rezava, suspirava por mim.

O transeunte não entendeu que houvesse tão poucos papéis, mas, confiante na honestidade dos homens de batina, atendeu o pedido e logo anunciou o nome do sortudo:

— Totó!

Partiu feliz da vida de ter ajudado um clérigo, que, contrariamente ao esperado, foi tomado por uma tontura tal que se encostou na parede para não cair. Logo o Totó! Ao se recuperar, viu que só lhe restava mudar radicalmente de vida.

— Se meus versos fizeram você entrar na guerrilha, sua coragem e sua vitalidade me mostraram que não fazia sentido eu continuar religioso, muito menos celibatário.

Abalada com a declaração, pensei em pedir mais soníferos e dormir sem tempo para acordar. Mas me mantive acesa diante da descrição do desespero de Carnífice ao ser informado que, em sorteio decidido pela vontade divina, eu fora escolhida para continuar com vida.

— Por que justamente a mais procurada? — gritou, antevendo a dificuldade de me poupar. — Assim, vou direto pro inferno!

O ânimo se alterou a ponto de a confissão virar bate-boca, pois Carnífice sentia alguma lealdade por Igor, de quem, de resto, era sócio em sequestros altamente rentáveis. Como enganar um comparsa conhecido pela violência, desconfiado ao extremo e possuído pela paixão?

— Finge uma fuga — Maílson sugeriu. — Os terroristas são malucos mesmo... Nada impede que, do nada, ela largue tudo...

Dias depois, Igor ligou para Carnífice e anunciou meu desaparecimento repentino. Disse achar tudo muito estranho, pois eu não vinha dando bandeira alguma de que jogaria a guerrilha para o alto.

— A não ser que a Camicase tenha combinado a partida com o bundão do Totó! — Igor mal se continha de ciúme. — Hoje à tarde, o canalha saiu e ela correu atrás. Ele voltou e ela, não. Vai ver que daqui a pouco ele também some, pra encontrá-la. Temos que resolver isso de uma vez!

Carnífice concordou integralmente e, para disfarçar a vibração de ver Igor construir uma justificativa plausível para meu sumiço, se apressou em lembrar que ambos seriam cobrados duramente pelos chefes. Chegou a repreender o parceiro por ter deixado a líder escapar.

Ao final de uma análise feita sobretudo com palavrões, concluíram que minha ausência era um grande revés, mas ao menos facilitaria a eliminação dos outros, que precisava ser providenciada imediatamente, sob pena de a missão dada aos dois ser um fracasso retumbante. Então Carnífice aventou um desdobramento que fez o colega finalmente sorrir:

— Depois a gente caça a Camicase e, antes de entregá-la, você dá um couro nela!

— Agora você falou!

Cego pelo tesão, Igor nunca mais questionou minha desaparição e assumiu com entusiasmo a liderança do grupo, que levou inteiramente para o cadafalso.

Mal terminou o relato, Maílson disse da urgência de providenciarmos passaportes falsos, pois precisávamos zarpar imediatamente do país onde nos encontrávamos, que, para se ter ideia do nível de repressão, virara ditadura dez anos antes do Brasil. Uma vez no Rio, Carnífice o procuraria e, ao saber que havia viajado, juntaria diferentes informações e concluiria que fora enganado. Furibundo, telefonaria para o Paraguai, onde os capachos do general Alfredo Stroessner correriam ao convento no qual nos escondíamos.

Ao nos apresentarmos de hábito e com passagens para Roma, não tivemos dificuldade alguma em passar pelos controles que antecediam o embarque. Um policial chegou a pedir que o abençoássemos. Em comportamento conivente com o machismo, limitei-me a cruzar os dedos das mãos e baixar piedosamente a cabeça, deixando ao ex-padre fazer o sinal da cruz e sussurrar palavras com que fingia invocar a graça divina.

Na Europa, Maílson atravessou anos tendo pesadelos com Totó. Quanto a mim, dispunha de um rol bem mais extenso de óbitos pelos quais me sentir, em alguma medida, culpada. Mas, quando os dias se alimentam do encontro explosivo entre a contenção e a avidez, o tempo afugenta mesmo os fantasmas mais incômodos.

Após o furor físico esmorecer, permaneceu a admiração pela coragem de Maílson afrontar a fé para assumir seu próprio destino. Restou sobretudo a sensação gostosa de ter sido respeitada sem ressalvas em meu modo de agir, que recentemente vi a internet associar a síndrome provocada pelo comprometimento daquilo que os neurologistas chamam de "amígdalas cerebrais".

Imediatamente, lembrei da insistência com que mamãe dizia que meu "mal" fora causado pela força do fórceps. Pena haver morrido sem saber que talvez a própria medicina lhe tenha dado razão.

2 Viva a Abertura!

Mário lastima que sua atuação no palco seja um desastre. Tem pensado meticulosamente em seu personagem — um perseguido político idoso, negativista e atribulado —, ao qual atribui um mundo de sentimentos e reflexões que, no entanto, não consegue expressar. Uma força medonha o mantém atolado em seu próprio interior, que não se deixa ver, tampouco abre espaço para a assunção de outro eu, seja ele qual for.

O rapaz nunca teve pretensões artísticas, porém desposa a ideia de que a pessoa deve fazer direito tudo aquilo a que se propõe. Para reduzir o incômodo causado pelo péssimo desempenho, agarra-se à ideia de que só se conectou ao teatro devido à necessidade de tomar uma atitude contra a ditadura: como acha o pessoal do centro acadêmico muito chato, resolveu se envolver na encenação de uma peça de protesto. Ainda assim, não esperava que, entre estudantes de pedagogia, ciências sociais e até geologia — portanto, amadores e despreparados —, acabasse se destacando como o pior ator.

Com seu quê de terapeuta e seu jeitão de irmã mais velha, Lúcia, a diretora, o consola dizendo que ele está fazendo progresso; lento, mas palpável. E acrescenta que, mesmo se um dia ele chegar à conclusão de que o palco decididamente não é seu campo, vale lembrar que as artes cênicas dependem de diferentes profissionais. Caso realmente não se sinta bem em cena, pode cenografar, iluminar, dirigir ou simplesmente enfiar a última vogal no nome do ofício atual, de modo a passar de ator a autor. Ela própria, que vive sendo solicitada para dirigir, pensa com muito carinho na dramaturgia.

Tomado por incertezas de diferentes naturezas, Mário não sabe nem mesmo se conseguirá levar o curso de Direito até o fim. Em certos momentos, incomoda-se só de se antever falando bonito e frequentando tribunais, com aquelas roupas engomadas de advogado.

Que dirá fazer carreira teatral. Mas, talvez para reduzir a frustração como intérprete, seguiu a sugestão de Lúcia e começou a construir narrativas a partir da conexão entre os mais variados elementos.

Agora mesmo atravessa o Capibaribe imaginando-se parte de uma multidão a pisotear o primeiro donatário da Capitania de Pernambuco, Duarte Coelho, que dá nome à ponte. O povão imaginário segue em passos firmes sobre o canalha que nomeia a principal avenida da cidade: Conde da Boa Vista. A gloriosa jornada de erradicação do maldito legado vai resultando em maravilhas, como a Aurora que dá nome à primeira rua da margem, à qual se segue a União de que todo movimento de reconstrução depende.

Quanto à Saudade da terceira rua, talvez possa ser atribuída à elite, nostálgica da exploração selvagem. O problema é o Sete de Setembro escrito nas placas da rua seguinte, a lembrar que as Forças Armadas estarão sempre à espreita. Mesmo agora, que se fala em abertura política, agem como se fizessem concessão. Parecem indicar que, se até o fim da ditadura a sociedade civil não se comportar, simplesmente mudarão de ideia e permanecerão no poder.

Frequentador assíduo do Centro, Mário sabe que a próxima rua tem o emblemático nome de Hospício, possível indicação de que a sina tropical é mesmo o destrambelho. Para não desanimar, entra na Sete de Setembro pisando com a força da revolta e a corta em diagonal de modo a entrar rapidamente no Beco da Fome, onde vê muita gente a beber e comer, em comprovação do fim definitivo da tristeza e da miséria.

Quer dizer, as mesas estão ocupadas por secundaristas e universitários a tomar cerveja e falar de política, em aquecimento para a primeira passeata em que marcarão presença. Alheia ao anúncio de que o regime mudará, a verdadeira massa vai e vem, a carregar dores, doenças, dívidas e dúvidas. Mais uma ducha fria para o roteiro apoteótico que Mário tentou criar até o auditório do DCE da UFPE, onde se fará o ensaio geral da peça.

Na verdade, não se pode mais chamar o texto de peça, pois anteontem o censor o reduziu a retalhos incompreensíveis. Com seu cabelo reco, deixou claro que era cana; com sua caneta metálica, rabiscou inteiramente a cópia impressa; com óculos de grau, parecia se esforçar por parecer pensante. Ao final, mostrou a infinidade de cortes a serem feitos, sob pena de "termos problema". Todo mundo riu amarelo, como se agradecesse pelo alerta, mas bastou vê-lo partir para se sentir derrotado e impotente.

Dentro de uma hora, o estrago irá a público, pois, condizente com o despojamento da proposta, o último ensaio será realizado na escadaria externa do auditório do DCE, em plena Rua do Hospício. As condições acústicas não são nada ideais, mas interpretar aos berros talvez imprima ainda mais caráter de resistência à performance. E é até bom que os espectadores não ouçam bem: pensarão que a dificuldade de entender a história decorre do fosso entre bocas e ouvidos, não dos buracos criados pelo censor.

Os estudantes que agora bebem no Beco da Fome certamente ficaram sabendo da peça por meio dos cartazes e prospectos distribuídos na UFPE e na Católica, portanto ao menos alguns aparecerão para assistir. O temor é que nem mesmo o engajamento os anime a ficar até o fim, pois as frases cortadas foram principalmente aquelas contrárias às injustiças e violências do regime. Sem elas, a mensagem como um todo perderá bastante em consistência e a compreensão do enredo estará comprometida.

Para consumar a mutilação, o censor cortou o final, no qual o povo fuzilava o tirano e celebrava a tomada de poder. Fez isso com xis e mais xis a marcarem as páginas de alto a baixo. Lúcia, que não estava em cena, e assim podia acompanhá-lo nos mínimos movimentos, disse que o cruel reservou seu sorrisinho mais sádico para a eliminação do happy end. Em síntese, os absurdos continuam, apesar de se alardear que a abertura começou.

Se bem que a lembrança da mudança política é um alento: Mário a vê se harmonizando perfeitamente à sua idade. É como se o Brasil atingisse uma certa maturidade no momento em que ele completa dezoito anos. Sabe que não é bem assim, mas gosta de vislumbrar um futuro de plena liberdade para si e para o país. Então aquele censorzinho de merda se verá ocioso ou mesmo preso.

❖

Ao chegar à Rua do Hospício, Mário avista Rafinha sentado no alto da escadaria do auditório. É estranho, pois o talentoso se sente tão vedete que é sempre o último a aparecer. A angústia estampada no rosto também surpreende: o serelepe vive relaxado, a curtir sem culpa cada segundo de juventude.

— Que fuça é essa? — Mário grita, ainda na calçada.

— A Tonha! — Rafinha apenas balbucia, enquanto se levanta e gesticula para o outro subir rapidamente a escadaria.

— Cadê ela, que ficou de chegar mais cedo? — pergunta Mário ao chegar no alto.

— Morreu!

— O quê? Como assim?

— Parada cardíaca!

— Não vem com essa, que parada é coisa de velho!

— Ou de pico!

— Não acredito!

— Lá na república! Se trancou sozinha no quarto dela e, quando a gente viu, já era...

— Brincadeira da porra, essa sua, viu?

— Mas é verdade! A gente até jogou fora!

— A seringa?

— O corpo! No monturo dos Coelhos!

— Largaram lá e pronto?

— Que mais a gente podia fazer?

— Levar pro hospital!

— Mas tava mortinha! Sem pulso nem respiração!

— Caralho!

— Pois é... E agora?

— E agora que não sei o que fazer com o que você acaba de me contar!

— Desculpa, mas como ela era louca por você...

❖

Vivi aparece com a costumeira exuberância, mas pela primeira vez Mário não arregala os olhos. Por sua vez, Rafinha não consegue saudar alegremente nem mesmo Celso, a quem costuma acolher brincando de dançar cancã. O alvoroço e a ansiedade impedem que os demais membros percebam que os dois primeiros a chegar carregam um segredo tenebroso.

Lúcia chama todos para o auditório e surpreende ao afirmar que, depois de ler com lupa as tais marcas, chegou à conclusão de que, inconscientemente, claro, mas em seu afã de eliminar qualquer traço militante, o censor agiu como Machado de Assis, que, em seus pareceres para o Conservatório Dramático, fazia sugestões capazes de melhorar a peça analisada. Os cortes incidiram sobre palavras de ordem e acenos à utopia, portanto ajudarão a tornar o espetáculo menos óbvio.

— O pilantra se dedicou com tanto afinco em destruir o texto que acabou fazendo uma lipoaspiração das mais benfazejas! — Lúcia recorre à exclamação para entusiasmar. — Muita coisa não precisava ser dita, até porque o público já sabe! Livre de didatismos, a peça fica bem mais interessante e dinâmica! Os espectadores vão se sentir respeitados e interessados! Acreditem!

Parte do grupo acha que a suposta descoberta de benefícios advindos da censura explícita parece tentativa forçada de manter o moral. Mas a diretora vai passando as páginas e indicando o que os atores devem fazer em cada cena, de modo a sugerir, aludir, insinuar desdobramentos de sentido. Como a plateia é familiarizada com o tema, tenderá a participar ativamente do processo de complementação e até suplementação de significados.

Alguns por não verem opção, outros por realmente acreditarem no tino teatral de Lúcia, todos soltam vivas e se juntam em roda, para um abraço coletivo. O bololô se mostra altamente propício a Mário, que solta sua primeira lágrima, culpado de nunca ter correspondido ao interesse de Tonha — por não saber lidar com sua perna estropiada.

Os estudantes, vários com copos plásticos cheios de cerveja, começam a se aproximar e continuam a conversa agitada, às vezes megalomaníaca, sobre a importância histórica do que estão vivendo. Também aparecem parentes de atrizes e atores, ainda que poucos, pois a estreia será menos artística do que política — e quase ninguém quer se comprometer.

A trupe aproveita as venezianas do primeiro andar para observar o movimento da rua sem ser notada. Por mais que Lúcia tente transmitir tranquilidade dizendo que podia ser mãe de todos, muitos receiam que os órgãos de repressão tenham enviado fotógrafos para captá-los em cena. Mário e Rafinha partilham a preocupação, mas pensam sobretudo nas consequências do falecimento de Tonha, que, temendo o palco, se propusera humildemente a ser contrarregra.

Tenso por conta da exposição ao risco, o grupo desce lentamente do primeiro andar, abre as amplas portas de madeira da entrada do edifício e se posiciona no alto da escadaria como se fadado ao fuzilamento. Então começa a gritar os diálogos e, impulsionado por Rafinha, mas também por Mário — ambos tragados pela angústia, a dor e o medo —, vai esticando o tempo de pronúncia de certas palavras e extremando determinadas expressões.

Tudo isso sob a batuta de Lúcia, que, protegida pelas portinholas do primeiro andar, sugere caretas e gestos passíveis de estimular o público a ir além das falas e cenas. O artifício funciona: o texto se mostra pretexto para um pedido de socorro cifrado a ponto de, aqui e ali, passar por um instigante nonsense. O caráter de denúncia permanece, mas assume ares de verdadeira arte. Aplausos começam a pipocar em meio às situações.

Terminado o espetáculo, o agradecimento de atores e atrizes se desdobra em choro catártico, que vários espectadores partilham. Forma-se um novo abraço, agora mais amplo, propício à marcha unida, cadenciada e fraterna no sentido da passeata, ao grito destemido e retumbante de "Abaixo a ditadura!".

Entre os membros do grupo, o sentimento é de alívio pela transformação do fracasso em façanha, milagre que os mais otimistas veem como indício de que os generais irão para escanteio e o povo voltará a ser livre. É unânime a opinião de que, como sempre, Rafinha brilhou. Mas surpreende, e muito, que Mário tenha se colocado no mesmo patamar. O que aconteceu para, do nada, trocar o posto de poste pelo de ator trágico?

Apesar dos gritos em coro dos manifestantes, Lúcia consegue contar a duas estudantes de Comunicação de nome Naiana e Paloma que seis meses atrás estava tão dura que aceitou dirigir a peça antes mesmo de lê-la. A remuneração foi paga de uma só vez pelo DCE, que antecipou o cachê por não saber quando voltaria a ter verba.

— O dinheiro era pouco, mas salvou, viu? O problema veio no momento em que bati o olho no texto... Eu sabia que era engajado, claro. Mas não imaginava que fosse tão enfadonho.

— Agora acho que posso te contar uma coisa: durante os ensaios, a gente também achou os diálogos muito chatos... — Naiana interrompe as anotações num bloco de notas para rir com cumplicidade. — Só que hoje à noite as falas se encheram de vida...

— Sim, mas graças ao censor! — Lúcia cai na gargalhada e, diante do espanto de Paloma, que atua como fotógrafa, narra todo o ocorrido.

As futuras comunicólogas se entusiasmam com a história e anunciam que aproveitarão a passeata para conversar um pouco mais com outros integrantes da trupe e também colher depoimentos de alguns espectadores. Ao juntarem os dados de agora com aqueles colhidos durante as visitas ao grupo, terão tudo de que precisam para convencer o editor do *Diário da Noite* — onde estagiam — a publicar uma matéria sobre a peça.

Lúcia repete que está animadíssima com a possibilidade de o trabalho chegar às páginas do periódico, o qual, ainda por cima, é de notícias populares. Como as duas sabem, uma das grandes tristezas do teatro planeta afora é perceber que a humanidade prefere mil vezes a tevê e o cinema.

— Já pensaram se a reportagem que vocês estão preparando despertar o interesse do grande público pelo nosso trabalho? Sei que estou sendo quixotesca, mas, ao ver esse povo todo aqui na rua, fico pensando que tudo é possível! — Dá um abraço nas duas, que reagem como companheiras na longa jornada democrática.

Uma vez sozinha, Lúcia permanece em silêncio, a olhar pensativamente para os representantes da repressão, perfilados a uma distância calculada. O mais incrível é se acharem com mais poder de decisão do que os civis, quando não passam de títeres. Hoje, então, que precisaram dar um show de força e tecnologia, se portaram de maneira especialmente previsível.

Ainda à tarde começou a afluência organizada dos mais variados automóveis, indo de ônibus a caminhões apinhados de soldados, passando por carros como Ford Corcel, Fusca, Jeep Willys, Opala e Veraneio. Quais agentes especiais, despontavam também os ocupantes de lambretas velhuscas e até novíssimas motos Harley-Davidson. Tudo adesivado e ensaiado.

Lúcia faz um movimento que se impõe a todo ficcionista e, mesmo que não partilhe a visão de mundo dos personagens em potencial à sua frente, se esforça por adentrar sua subjetividade e assumir seu ponto de vista. Então fantasia a suspensão de diferenças, repulsas e animosidades cultivadas entre as corporações, agora a formarem bloco compacto contra o meliante mais perigoso de todos, pois dado a mobilizar vastos contingentes para virar de ponta-cabeça a sociedade.

Sim, terão dito os chefes, mesmo ladrões a constituírem quadrilhas nem sequer se comparam em termos de periculosidade, pois podem ser eliminados em ataque fulminante, sem que se faça pergunta sobre as circunstâncias do extermínio. Já professores e estudantes pretensamente idealistas injetam ideias devastadoras em cabeças inocentes e nem por isso podem ser erradicados. Dependendo de como são atingidos, viram notícia nacional e internacional.

É verdade que nos últimos catorze ou quinze anos a polícia pôde agir com uma certa liberdade e, assim, caminhava para a erradicação total do problema. Entretanto, organismos externos e internos passaram a exigir que se desse marcha à ré, sob a alegação de haver desmandos, torturas e homicídios. Mas o que queriam de um processo que se pode chamar, sem qualquer exagero, de guerra? Então não se pode cumprir a função pela qual o servidor público armado recebe seus proventos?

Certamente vem daí a grande revolta com que o aparato policial observa de longe a passeata. Alguns tocam nervosamente no coldre, outros batem os cassetetes nas mãos com impaciência e mesmo os motoristas seguram as chaves energicamente, a anteverem o estrago que fariam caso lhes fosse permitido ligar os veículos e investir contra a turba. Em vez disso, são obrigados a se manter a uma distância cerimoniosa.

Lúcia pensa que a sorte poderia lhe sorrir novamente, mas agora oferecendo a oportunidade de montar um texto protagonizado pelos brutos. Adoraria expor os nós humanos à sua frente. Possivelmente abriria o espetáculo com uma cena assim, em que a tropa tivesse diante de si o que vê como baratas, insetos e vermes, mas fosse impedida de descer o sarrafo devido a uma invenção estranha, batizada com um nome tão grego quanto teatro, chamada democracia.

Todo mundo concorda que, de tão exitoso, o ensaio geral pode ser considerado a estreia da peça. Então que se celebre a fundo o feito. Ainda mais somado à realização da primeira passeata de uma abertura que, apesar de anunciada como "lenta e gradual", já arejou bastante o país.

Misturado aos espectadores e demais manifestantes, o grupo sequer percebe o pesar de Mário e Rafinha, que combinaram não contar o acontecido a mais ninguém. Os dois seguem tacitamente separados e tentam, cada um a seu modo, sugar o clima fraternal como forma de minimizar a tristeza e o temor pela partida de Tonha — cuja ausência apenas um ou outro notou, mesmo assim antes do espetáculo, pois como ensaio não requer manejo de adereços a contrarregra praticamente não fez falta.

Posicionado ao lado de Rafinha, Celso repete que a noite é de festa, portanto lhe diga, em nome do sentimento que experimentam um pelo outro, que diabo está acontecendo. Como resposta, ouve desculpas nada convincentes e, com o avanço do consumo de cerveja, grunhidos de desagrado a cada vez que refaz a pergunta.

Percebe que a tentativa de aproveitar o calor do momento para revelar seu amor está dando errado. Viu a animação decorrente do sucesso do espetáculo e o entusiasmo de participar da passeata instalarem uma atmosfera primaveril propícia a início de namoro. Em vez disso, parece ser tratado como assediador.

Cada vez mais angustiado e ansioso, mergulha na bebida. Começa a enrolar a língua e tropegar. Até que perde de vez o controle e se lança sobre o paquera, a quem tenta beijar de língua. Rafinha arregala os olhos como se aterrorizado com a descoberta de um Celso insuportavelmente pegajoso — a quem empurra para longe.

Sem firmeza nas pernas, o preterido se projeta por alguns metros, aproximando-se perigosamente da linha formada pelos milicos, onde um PM jovem aguarda como se salivasse, com o cassetete armado, para quebrá-lo com gosto. Como continua analisando o cordão de policiais, Lúcia se dá conta do perigo, lança-se no encalço do rejeitado e o arremessa de volta para o meio da passeata.

Então assiste a uma simetria que somente a vida pode oferecer. Caído no chão, Celso pranteia a rejeição. Contido a custo pelos colegas de farda, o soldado raso chora de raiva por não ter podido desancar o "baitola cabeludo e comunista" que esteve a centímetros de invadir o espaço reservado aos guardiões "da ordem e da decência".

Enquanto o pessoal levanta Celso, Lúcia permanece parada, acometida de uma súbita falta de energia. Mas não por conta do esforço físico, e sim devido ao choque interior entre a euforia e o derrotismo: vê-se diante da cena com que fecharia a peça que começa a ganhar forma em sua mente, porém constata que a hostilidade entre certos contingentes só aumenta.

❖

Cansada de despertar interesses tão objetivos que não se sustentam, Vivi tem preferido ficar sozinha, à espera de uma relação em que o carinho se misture à camaradagem. Sempre gostou da delicadeza com que Mário tentava se aproximar e, se o mantinha a uma certa distância, era para poder analisá-lo com calma.

Hoje, ficou tão surpresa com sua intensidade que passou a vê-lo sob uma luz diferente. No momento em que a peça acabou e começaram a se organizar para engrossar a manifestação, colocou-se a seu lado; e assim permanece, de braços dados.

Mário percebe a mudança de tratamento, mas, em vez de dar o passo decisivo, permanece com a expressão aflita com que atravessou a peça e fixa o olhar na distância, onde avista Tonha a suplicar que lhe tire a virgindade. Aproveitar a acolhida dada por Vivi — que considera colossal — apenas dilataria o sentimento esmagador.

Crescido e educado para carregar no lombo a culpa, vive imaginando nexos entre pequenos eventos que, conectados, constituem narrativas em que desponta como responsável por qualquer coisa que aconteça de ruim. O fato de Tonha ter feito o pedido há apenas dois dias basta para levá-lo à conclusão de que a recorrência ao pico foi um gesto suicida — naturalmente causado pelo seu não.

Agora, receoso de que seu refreamento em relação a Vivi cause novo mal-entendido, resolve abrir o jogo. Contar o que aconteceu oferecerá a vantagem suplementar de aliviar um pouco. Como precisa fazer isso de maneira discreta e sem que Rafinha perceba, aproveita que quase todo o grupo cuida de Celso para cochichar que aconteceu uma coisa horrível.

Vivi entende que se trata de confidência dolorosa e o puxa para longe dos amigos. A uma distância de uns vinte metros, já não avistam ninguém conhecido o bastante para entender a história, que, em prol da plena compreensão, Mário começa a narrar a partir do nascimento de Tonha.

⁂

Antônia Alves Ferreira brotou em berço fazendeiro, farto, portanto se nutria de bom leite e carne de primeira. Amada por todos os familiares e energizada pelo contato frequente com a terra, parecia predestinada à felicidade. Entretanto, a alegria de viver foi golpeada duramente ainda na infância.

— Tonha! Cuidado com a Rural! — um colega do grupo escolar gritou, porém mais por reflexo do que por acreditar que podia salvá-la, uma vez que o veículo desgovernado já a atingia em cheio, lançando-a metros à frente, no duro paralelepípedo da rua.

Ao voltar a si, a menina começou a ouvir algo que passou a se repetir qual consolo único: o choque fora tão medonho que os médicos de Sertânia e seus colegas de Recife — para onde trataram de transferi-la — chegaram a desenganar a família. Assim, cabia à acidentada dar graças aos céus pelo milagre da permanência em vida e tirar o máximo do fato de haver "nascido de novo". À boa nova, o pai sussurrava, em tentativa de banir o rancor do coração da filha, que tinha dado um jeito no motorista irresponsável.

O suplício de cirurgias e convalescenças que então se seguiu derrotava a positividade dos argumentos. Até que a alta finalmente chegou e, qual vitória de todos os munícipes, foi celebrada na igreja oitocentista da cidade, em roteiro que começou com missa, passou por salva de fogos e terminou em recepção generosa.

A destoar do congraçamento, Tonha manteve a expressão que passaria a apresentar ao mundo: totalmente fechada, em sinal de que seu rosto jamais estamparia sorriso. De fato, contrariamente à função de suavizar ou mesmo curar, o tempo a fez cada vez mais consciente de carregar consigo uma perna rija e destroçada.

O incômodo físico sumiu; contudo, seu efeito psicológico se mostrou cada vez mais atroz. Como ser adolescente feliz se não tinha coragem de usar biquíni na frente de ninguém, por exemplo?

Ao menos pôde se concentrar nos estudos e, assim, ingressar com facilidade na universidade, cuja liberalidade associava vagamente à ideia de refrigério. Com tanto jovem esquisito no campus, seu problema nem sequer seria notado.

Contrariamente à expectativa, a faculdade acabou com sua última ilusão: nem mesmo Mário, que se esforçava para se livrar de todo tipo de preconceito, conseguia tratar seu corpo com naturalidade. Na verdade, a obrigação de assimilá-lo como se não tivesse sofrido qualquer revés tornava a relação ainda mais desajeitada.

Fosse intermitente, o problema talvez incomodasse menos Tonha. Mas, além de permanecer ideia fixa ao longo do dia, aparecia com frequência em pesadelo. Daí a recorrência a variados meios para bani-lo do espírito. Como maconha apenas aguçava a depressão e álcool não conseguia anestesiar de todo, apelou para algo mais forte.

❖

Vivi se acha esquisita de acordar fora de casa. Fosse no endereço de alguém, talvez não se sentisse tão estranha. Porém, numa das salas situadas nos fundos do auditório, usada para os ensaios e bem distante do que se espera de quarto, tem a impressão de cometer delito. O sentimento talvez venha da impessoalidade do todo, colocado milagrosamente à disposição do DCE, que o abre a diferentes grupos do movimento estudantil.

Na verdade, Vivi só passou a noite no velho edifício para cuidar de Mário, que, como também mora muito longe, guardava um saco de dormir no cômodo. A moça mal sabia que, dado o desamparo dele, ela se veria na inédita situação de tomar iniciativas como beijar e tocar, em convites a que não estava acostumada. Ao menos suas infrutíferas tentativas não foram testemunhadas por ninguém.

Se bem que agora pela manhã o sentimento não é de derrota, e sim de esperança de o relacionamento dar certo, já que se inaugura diferente. Como Mário ainda está adormecido, Vivi fica a admirá-lo, como se assim pudesse adentrar seu interior, e intui que ele nunca lhe fará mal.

Sai pé ante pé, atravessa o auditório e chega à rua. Na primeira banca da Avenida Conde da Boa Vista, compra o *Diário de Pernambuco*. Passa no Beco da Fome, onde consegue dois pães com manteiga e um copo plástico grande de café. Na volta, acorda Mário, que se vê prestes a ter o desjejum mais romântico de sua jovem vida, pelo qual agradece com um beijo demorado; em seguida, investe sobre o jornal.

— Entramos pra História! — Aponta para a foto de capa, que Vivi não tinha parado para analisar, mas agora vê que mostra Lúcia segurando Celso, tendo ao fundo o soldado preparado para o espancamento.

— Ainda bem que só dá pra identificar o meganha! — Vivi se sente aliviada.

— A imprensa tá conosco! Tirou uma foto antológica sem expor ninguém!

A reportagem apresenta a passeata como manifestação pacífica, ordeira e concorrida. A situação de quase enfrentamento retratada pela imagem foi o único momento tenso e, mesmo assim, não resvalou para a pancadaria. Integrantes de ambos os lados contiveram o estudante e o soldado, em prova de que o senso democrático é desposado pela ampla maioria.

Mário e Vivi sabem que não foi bem assim — afinal, Celso não investiu contra a força policial, e sim derrapou —, mas assimilam a mentira do redator como mais um indício de que a mídia fará o possível para apregoar o respeito mútuo. Junto com a energia propiciada pelo café da manhã, a percepção de que os meios de comunicação ajudarão o país a seguir a via da tolerância é o estímulo de que precisam para voltar a deitar — mas agora para levar até o fim o meramente ensaiado.

❖

Lúcia só acorda no meio da tarde, pois após a passeata tomou apenas dois chopes com o grupo, preferindo ir logo para a quitinete que aluga na Rua da Conceição, onde começou a rabiscar freneticamente as cenas da peça imaginada. Os desenhos nascidos em plena insônia não têm qualidade para constituir o que se costuma chamar de *storyboard*, mas, retocados, ajudarão outras pessoas a anteverem o espetáculo. Quem sabe algum produtor tope financiar o projeto?

Feliz com a decisão de haver se recolhido para trabalhar, Lúcia lastima tão somente que a existência nunca dê completamente mole. Agora mesmo chega à conclusão de que o arrebatamento devido ao sucesso inesperado da encenação a levou a falar o que não devia para Naiana e Paloma. Caso publiquem seus comentários sobre a peça recém-encenada será atacada pelo autor e execrada pelo DCE. O pior é que tanto o dramaturgo quanto a entidade terão razão, afinal usou o escrito do primeiro e o dinheiro da segunda.

Levanta-se apreensiva e se coloca sob o chuveiro, de onde ouve batidas na porta. Esbraveja, mas, dada a delicadeza da situação, se enrola na toalha e atravessa o cômodo pingando.

Mal abre a porta, vê Rafinha entrar afobado e colocar dois jornais sobre a mesa de trabalho:

— Nosso pequeno mundo tá pegando fogo!

— Como assim?

— Você e o Celso tão na capa do *Diário de Pernambuco*! E a Tonha, na capa do *Diário da Noite*!

— A Tonha? O que aconteceu com ela?

Rafinha não consegue responder, apenas se lança sobre aquela que sempre se ofereceu a todos como esteio e cai no pranto. Lúcia o abraça e solta palavras de consolo, mas sequer presta atenção no que diz, inteiramente tomada pela impaciência para ver os jornais. Assim que pode, o afasta um pouco e analisa as fotos, que lhe tiram o chão.

Em segundos, os mais variados eventos se articulam em sua cabeça, a formar trajetória de crescente vulnerabilidade. Entre eles, a briga com a família ao anunciar que, em vez de fazer vestibular, embarcaria para o Rio de Janeiro, onde cursaria artes cênicas. De fato, foi uma ótima aluna da Escola de Teatro Martins Penna. Só que nem assim encontrou trabalho no Sudeste. Então retornou e usou o diploma para iniciar carreira no próprio Recife, que, por ser uma cidade de porte médio, é fadado a ter um teatro considerado amador, portanto ainda mais carente de investimento.

Para piorar tudo, Lúcia cultiva um criticismo que lhe fecha as portas. Como pôde desfazer do trabalho atual aos ouvidos de molecas ávidas por uma pauta trepidante? Quando pensava que o problema era só esse, vê-se na capa do principal jornal do estado, mas não em espetáculo, e sim em confusão política. E algo lhe diz que, além de aterrador, o decesso de Tonha a atingirá duramente.

— Quem precisa de colo aqui sou eu, Rafinha... — Treme mais que o moço a quem deveria proteger.

⁂

Naiana e Paloma comemoram o fato de serem as únicas pessoas do meio jornalístico a conectar as duas imagens, pois nas visitas ao grupo de teatro chegaram a conversar algumas vezes com Tonha e, em segundo golpe de sorte, testemunharam (e registraram!) o vexame amoroso de Celso durante a passeata. Em busca de mais dados, apressam-se em visitar a delegacia onde trabalha o detetive responsável pela investigação do óbito, que lhes conta o que sabe, mas se mostra pouco inclinado a catar mais informações sobre o caso, pois, "se existe algo banal, corriqueiro e sem futuro, é morte por entorpecente".

Conforme haviam combinado, as duas não abrem o bico para o policial. Vibram, isso sim, com sua capitulação *a priori*, que as faz se sentirem ainda mais protagonistas. Anteveem a avidez com que o editor ouvirá sobre o ineditismo de estudantes desviantes ocuparem o centro de fatos que, em princípio, não caberiam na mesma editoria, afinal, política e polícia não se confundem.

De fato, o chefe enaltece o "faro genuinamente jornalístico" das duas estagiárias e lhes dá carta branca para correrem atrás do máximo de detalhes. Como a "batida de botas da toxicomaníaca" reduz o aspecto político da história a mero acessório, claro que o periódico vocacionado para tornar o todo um *fait divers* arrebatador é o *Diário da Noite*!

— Vejam se conseguem matéria-prima pra gente fazer um folhetim! — Fecha um pouco os olhos e se entrega ao exagero de imaginar transeuntes se acotovelando diante de bancas de jornais, ansiosos por lerem o título e o lide bombásticos do capítulo do dia.

❖

Lúcia e Rafinha chegam ao DCE decididos a rasgar a folha de inscrição de Tonha no curso preparatório para a peça, mas já encontram Naiana e Paloma a postos. O plano de apagar os traços da falecida vai por água abaixo e os dois se sentem, em alguma medida, flagrados.

— Sinto muito! — Naiana estende a mão a cada um dos dois, em suposta condolência, com que deixa claro não adiantar fazerem de conta que Tonha não era do grupo.

— Do que você tá falando? — Lúcia ainda tenta despistar.

— Como admiramos o trabalho de vocês, escondemos da polícia que Tonha era a contrarregra. — Paloma manifesta uma solidariedade contrastante com os cliques que vem dando na fachada do auditório, na diretora e no principal ator da companhia.

— Não dá pra negar que a cidade toda já sabe da morte. — Naiana pavimenta a apresentação da proposta: — Mas podemos ajudar a reduzir o estrago...

Lúcia percebe que a dupla realmente está tomada pela febre da escalada profissional e, assim, não merece um pingo de confiança. Mas fingir que não iam à sala onde ensaiam apenas piorará o quadro. Sobe a escadaria e abre a porta principal do edifício. Rafinha a acompanha como se não tivesse escolha, a torcer para que a diretora consiga fazer como das outras vezes e solucione o problema.

Os quatro seguem pelo corredor de acesso ao local de ensaio. Obrigada a dizer alguma coisa, Lúcia lembra que, no mundo artístico, predomina o pensamento de que o show deve sempre continuar.

Que a polícia desvende as circunstâncias da morte de Tonha. Agora, quanto ao grupo, certamente sentirá muita falta da querida contrarregra, mas precisa levar adiante a peça.

— Rafinha e eu vamos analisar cuidadosamente o figurino. Como ontem foi só ensaio, não precisamos usar as roupas criadas. Mas, a partir da estreia, convém que cada traje se adeque ao que sobrou da tesoura do censor.

— O sujeito realmente pegou pesado, hein?

O comentário de Naiana chega aos ouvidos de Lúcia e Rafinha como meramente protocolar. Nenhum dos dois reage, mas ambos fecham ainda mais a cara, repugnados de as duas verem a morte de Tonha como oportunidade rara — que se mostra ainda mais bombástica no momento em que abrem a porta da sala e avistam Mário e Vivi nus.

❖

SEXO, DROGAS & CUCUIA

Ontem, os bravos habitantes de nossa querida cidade comentaram bastante duas fotos que pareciam não ter nada a ver uma com a outra. Mas, como o bom jornalismo é necessariamente investigativo, vamos provar que as situações estão estreitamente conectadas. Mais que isso, mostraremos que se devem a hábitos degradantes adotados por uma parcela de nossa juventude.

A primeira foto, publicada em outro diário, deixava ver o dorso de uma mulher tentando conter um rapaz, também de costas, que insistia em partir para cima da polícia. De frente para a câmera fotográfica se encontrava um policial jovem que, ameaçado pelo agressor, preparava o cassetete para agir na mais legítima defesa.

A segunda foto, veiculada na capa do jornal que o leitor tem em mãos, ilustrava uma matéria sobre o cadáver da estudante Antônia Alves Ferreira, encontrado em pleno Lixão dos Coelhos. Os peritos do Instituto de Medicina Legal chegaram a pensar que o óbito tinha ligação com uma das pernas da jovem, totalmente desfigurada. Mas logo constataram que a deformação do membro inferior se devia a acidente sofrido ainda na infância.

A equipe do IML deu continuidade aos exames e, com sua competência característica, descobriu que a morte havia sido provocada por consumo de tóxico. Um líquido proibido foi injetado na veia e causou parada cardíaca. Até onde se apurou, não se pode falar em overdose, tampouco em doença prévia da vítima. Ainda assim, a substância era tão venenosa que bastou um pouquinho para matar a universitária!

Esperto que é, o leitor certamente se pergunta sobre a conexão entre o falecimento da moça e a palavra "Sexo" do título deste primeiro capítulo da série. Espera também que mostremos o ponto em comum entre as duas fotos.

Como hoje só nos restam algumas linhas, somos obrigados a pedir paciência e dizer que, ao longo dos próximos dias, vamos esclarecer absolutamente tudo.

Ah, sim, a quem quiser mandar palpite, sugerimos que olhe atentamente para as duas fotos — reproduzidas ao lado deste texto — e deixe sua cartinha em nossa redação.

Então fica assim: amanhã tem mais! Muito mais!

❖

Um vento contínuo e delicado desliza acima do mar de Boa Viagem, cruza a areia, atravessa a avenida e sai distribuindo bem-estar pelos edifícios da orla. Em certa cobertura, Celso está alongado numa das espreguiçadeiras, tendo ao lado o homem que o mantém: um deputado paraibano casado e poderoso chamado Nicolau que, dizendo-se necessitado de alternância, vem uma vez por semana a Recife para viver o que costuma chamar de "pedagógica submissão".

Celso o conheceu três anos atrás, quando ainda era menor, mas já fazia programa. Os generosos michês, os sucessivos presentes e a proposta de morar de graça no imenso apartamento reforçaram os laços, que, entretanto, não abriram o coração do rapaz. No agoniado presente, a discrepância entre o que sentem um pelo outro chega a ser uma maldição.

Estivesse apaixonado pela pessoa com quem mais transa, Celso não teria agarrado Rafinha durante a passeata e, ao ser empurrado para longe, permitido ao *Diário de Pernambuco* estampar a foto com a legenda: "Manifestante é contido por amiga". Ao reconhecê-lo na capa do jornal, o político se alarmou com a possibilidade de ser exposto e ligou ainda de João Pessoa para ordenar que não botasse o pé fora de casa. Mas o tópico mais incômodo da conversa que têm agora é o primeiro capítulo do folhetim do *Diário da Noite*, no qual Tonha desponta como fantasma aterrorizante.

Celso o convence de que, diferentemente do publicado, não partiu para cima da polícia, tendo apenas tropeçado devido ao consumo de álcool. Também consegue manter Rafinha fora da história ao afirmar que bebeu além da conta devido ao sucesso da peça. Por fim, jura que, além de fermentados e destilados, só fuma maconha e não fazia a mínima ideia de que Tonha se entregava às drogas pesadas.

O político repete frases que pareciam enterradas relativas à discordância de o estudante participar de um grupo de teatro de protesto, que se soma à "besteira de fazer Filosofia". Chega a ameaçar largá-lo sumariamente, ainda que ambos saibam que blefa: qualquer ruptura os deixaria ainda mais expostos, portanto só lhes resta atravessar juntos o que se afigura tormentoso.

Difícil é bolar um plano eficaz, pois, dependente do sensacionalismo, o jornal está apenas começando a devassa. E, para aumentar as vendas, amplificará fatos e inverdades já em circulação, aos quais acrescentará muitas outras insinuações e mentiras.

— Se eu aparecer publicamente como boneca, cometo suicídio... — O político solta com uma convicção tal que Celso não encontra o que contrapor.

O silêncio que então se instala parece tornar tudo ainda mais sufocante. A falta de perspectiva inutiliza o delicioso vento, a visão deslumbrante do mar e o oferecimento de frescor da piscina em torno da qual se encontram.

FORNICA NO CAMPUS

Desde criancinha, a gente sabe que escola é lugar de estudo. Tem recreio entre as aulas, mas para brincadeiras sadias. Inclui atividade física, mas para equilibrar corpo e mente. Em nenhuma hipótese abriga o que chamamos popularmente de putaria.

Pois bem: um grupo de universitários transformou o Diretório Central dos Estudantes da UFPE em lugar de orgia. Prova disso se encontra na foto ao lado, que apresenta Mário Menezes Cipriano e Viviane Bernardino Coimbra completamente nus, improvisando uma cama num saco de dormir encardido, desses que ripongas usam.

O rapaz mora no Ibura e a moça, no Passarinho. São, portanto, de bairros habitados por gente honesta e trabalhadora, porém distantes. Devido à lonjura até em casa, de vez em quando dormem no Centro. Até aí, tudo bem. O problema é copular num prédio da gloriosa Universidade Federal de Pernambuco.

Não estamos aqui para julgar ninguém pelo comportamento sexual. Claro que não! No entanto, somos obrigados a perguntar se é justo que um edifício público (comprado e mantido com nossos impostos!) seja transformado em motel. Na verdade, já sabemos a resposta.

Mas a segunda foto que ilustra esta matéria mostra que o problema é ainda mais grave. Como se pode ver, um moçoilo agarra e tenta beijar outro. Ninguém precisa ser detetive para deduzir que também frequentam o DCE.

Não dormiram lá porque Celso Adolfo da Silva mora em Boa Viagem e Rafael Malaquias Fadel, na própria Boa Vista. Mas quem disse que não aproveitam a imoralidade do ambiente para xumbregar? Se fazem o que fazem na rua, acabam dando razão a quem pensa que no antro cometem verdadeiras loucuras.

Ah, sim, tanto o casal hétero quanto o par gay integram um grupo teatral que ensaia no DCE, claro. Aliás, apresentaram a peça na escadaria do prédio e saíram todos juntos para a passeata, durante a qual gritaram como se soubessem o caminho a ser seguido pelo conjunto dos compatriotas. Todavia, o álcool subiu à cabeça e os dois namoradinhos resolveram lavar suas sujeiras no meio da multidão.

Como gostamos de organizar tudo direitinho, segue a ordem dos fatos:

1) o grupo de teatro se apresentou na frente do DCE, em seguida foi para a passeata, na qual Celso não conseguiu beijar Rafinha, então perdeu as estribeiras e resolveu peitar a polícia;

2) a senhora que impediu o enjeitado de fazer uma grande besteira é Lúcia Moreira Freire, diretora da peça;

3) depois da passeata, Mário e Vivi voltaram para o DCE, onde se entenderam tão bem que na tarde do dia seguinte continuaram engatados.

Sim, mas o que tudo isso tem a ver com o cadáver encontrado no Lixão dos Coelhos? Calma, estimado leitor: se hoje você foi informado inclusive dos nomes completos que faltavam, amanhã saberá mais! Muito mais!

E, caso conheça pessoalmente algum envolvido, por que não participa de nossa destemida investigação? Basta deixar seu relato na portaria!

⁂

O pai chega em casa, abre o *Diário da Noite* sobre a mesa, chama a esposa e aponta para a página na qual a filha de ambos pode ser vista nua, nos braços de um rapaz. A mãe coloca a mão na boca, em tentativa de conter o sobressalto, mas logo a abre inteira, para gritar:

— Vivi, você virou vedete!

O homem abre uma cerveja, enche dois copos e oferece um para a esposa. Após brindarem à chegada da sorte, dá um gole demorado, coloca um LP dos Secos & Molhados e a puxa para dançar ao som de "Sangue latino".

— Eu sabia que Vivi acabaria famosa... — Está muito orgulhoso.

— Logo, logo ela tira a gente daqui! Morar no subúrbio é o ó.

— Né não? Agora é só aproveitar o estrelato da menina...

— Linda como é, deve chover convite de trabalho.

— Ou de casamento! Tudo pode acontecer quando a pessoa tá por cima! É só ela deixar a gente empresariá-la!

Vivi sai do quarto descalça, desgrenhada e mal-humorada. Desde a aparição invasiva das jornalistas no DCE, tem a impressão de estar completamente nua. Sente orgulho de suas formas e gosta tanto de aparecer que pensava em fazer testes em agências de modelo. Mas ser fotografada sem querer, ainda mais como parte da averiguação de um óbito, dói e constrange.

Ao vê-la, os pais a puxam em tentativa de formarem um trio. Os dois continuam cantando e dançando, a tal ponto radiantes com a notícia que atribuem a esquiva da filha ao sono. Ambos leram o primeiro episódio do folhetim, portanto sabem da morte de Tonha, mas há muito concluíram que a única maneira de mudarem de vida é a cria fazer sucesso: querem mais é comemorar.

Vivi os mira com pena de todos. Se os dois erraram de tal modo a aposta na carreira de músicos que acabaram no subúrbio profundo do Passarinho, o que garante que ela, cuja aparição não tem nada de artística, os tirará do barraco em que vivem? De mais a mais, sabe que tem mais corpo que talento. Estivesse disposta a caçar rico, talvez prosperasse. Mas gosta mesmo é de um pé-rapado da outra borda da cidade, com quem não vê a hora de comentar os desdobramentos da imensa confusão.

❖

Mário não sabe desde quando tenta enxergar a própria subjetividade, mas, até involuntariamente, vive fechando os olhos e lutando para discernir o intenso jogo interior. Como jamais conseguiu nem sequer vislumbrar o que se passa por dentro, fica cada vez mais convencido de que, dotado de um motor sobre o qual não consegue lançar luz alguma, o ser humano só pode ser uma máquina descontrolada.

Prova do próprio desgoverno é a frequência com que age de maneira totalmente distinta do planejado. Agora mesmo está sentado no sofá da sala, com o prato sobre o banco de madeira, alternando o olhar entre a comida e o velho televisor. Entretanto, por mais que se esforce, não sente o sabor dos alimentos, tampouco acompanha o filme da tarde.

Até aí, tudo bem, afinal as emoções dos últimos dias têm sido arrebatadoras. A concentração continua quase toda sugada pelo medo das consequências dos acontecimentos. Se as duas estudantes de jornalismo estabeleceram tantos nexos, que dirá o investigador responsável pelo desvendamento do óbito de Tonha. Daqui a pouco, possivelmente todo o grupo será obrigado a depor, então a imprensa apresentará cada um como mais homicida que o outro.

A antevisão do próximo capítulo do folhetim como aquele em que os últimos vínculos serão explanados prende o pensamento ao pavor. Todavia, o que mais surpreende nas emoções é a disputa entre fardo e leveza. Talvez por não haver nada a ser feito, ou quem sabe por força da energia trocada com Vivi, Mário experimenta uma sensação súbita de bem-estar.

Sempre achou o Ibura e o Passarinho dois fins de mundo, afinal são separados por uma viagem que envolve ônibus de três linhas. Mas a noite com Vivi acabou com a ideia de distância entre os bairros, pois, se preciso, fará o percurso a pé, quem sabe correndo, quiçá cantando.

Em nova cambalhota da subjetividade, o apaixonado volta a sentir culpa de Tonha haver partido sem conhecer o amor de pessoas que não os pais. Quantas vezes a coitada lhe disse: "Nunca fui tocada por menina ou menino." Ele olhava à frente e em volta, como se entre as pessoas que avistavam se achasse alguém em condições de amá-la. Ela baixava ainda mais a cabeça, a perceber o movimento como novo não.

O mais doloroso é constatar que o passamento de Tonha serviu de alavanca. A morte se apossou de tal maneira de Mário que lhe reduziu o vigor e neutralizou a esperança de jovem. O aspecto de monolito pesado como o chumbo era o que lhe faltava para incorporar o velho e angustiado personagem da peça.

Maravilhada com a consistência do comportamento e a qualidade da performance, Vivi teve certeza de sua seriedade e de sua capacidade de superação. Mas, até pegarem no sono, Mário encarou o retoque de sua imagem unicamente como presente irônico e insuportável de Tonha.

Além do carinho insistente e da compreensão a toda prova de Vivi, precisou ver o jornal matutino mostrar a coletividade harmonizada na construção de novo horizonte. Então, sim, conseguiu fundir seu corpo de uma maneira que não conhecia. Mesmo assim, suspeita que, com seus brindes póstumos, Tonha adquiriu o direito de ser recordada com frequência variável, mas sempre triste, carente e desesperada. A culpa jamais o abandonará.

Em tentativa de resgatar o alto-astral, Mário recorda os cumprimentos dos amigos da vizinhança, felizes de se sentirem mais representados que nunca. Quem diria que um igual a eles, até ontem mero pirralho periférico, ganharia espaço em jornal? Como imaginar que apareceria completamente nu, tendo nos braços uma mulher nascida para a passarela?

MENTORA DO MAL

O leitor tem razão de estranhar a primeira palavra do título do capítulo de hoje de nossa história sobre a sem-vergonhice de alguns estudantes da UFPE. Mas, antes de se agastar, permita que a gente explique que mentora é uma pessoa mais experiente que serve de guia. É o caso da mulher da primeira foto, a tal Lúcia Moreira Freire, que dirige a peça ensaiada no DCE e de quem já falamos na coluna passada.

Como se pode ver, Lúcia é isca de polícia do cabelo aos pés. Sobaco peludo, batinha branca e nada de sutiã, colares e braceletes coloridos, saião comprido e escandaloso, chinelas de couro... Não é casada, nem noiva, nem namorada. Será pura?

Uma pessoa a quem mostramos a foto disparou: "Virgem coisa nenhuma! Safada! Libertina! Talvez até fanchona!" Não podemos afirmar que sim nem que não. Agora, cara de santa Lúcia realmente não tem. Mora sozinha, vive nos bares da Boa Vista, fuma feito caipora...

O leitor sabe que nosso jornalismo é sério. Só apresentamos fatos e jamais levantamos falso testemunho. Mas podemos perfeitamente perguntar: que exemplo a professora e diretora de teatro dá para as novas gerações? O pior possível, óbvio!

A sorte é que nosso trabalho tem suas recompensas. A Reitoria da UFPE abriu sindicância para apurar o absurdo relatado em nosso jornal. O presidente do DCE ligou para dizer que, além de demitir Lúcia, cancelou a peça. Assim, nossa querida capital recupera um pouquinho de sua saudável moralidade.

Como o leitor não é bobo, deve estar se perguntando sobre aquela moça, Antônia Alves Ferreira, que morreu entorpecida. Pois bem: a polícia descobriu que o óbito ocorreu fora do DCE. Ao que tudo indica, a jovem consumiu tóxico na própria boca de fumo, onde passou mal. Ao vê-la estatelada, os traficantes trataram de levá-la para o lixão.

Enfim, todo mundo acha que a mentora foi uma péssima influência para os jovens dos quais deveria cuidar, mas, até onde se sabe, não está implicada diretamente no caso. Agora, se a polícia ou nossos repórteres farejarem algum elo, a gente informa imediatamente por aqui, doa em quem doer! Afinal, nosso compromisso é com a verdade!

A única dificuldade será abrir espaço para mais informações sobre as safadezas dos enxotados do DCE. A gente diz isso porque, nesta Recife que não para de crescer, os casos de arrepiar são cada vez mais frequentes. Ainda há pouco, chegou a notícia de um corno da Imbiribeira que parecia o mais manso do mundo, mas acabou matando a mulher e o amante.

Infelizmente, hoje a gente não tem como apresentar o cabra e contar os detalhes do duplo assassinato. Mas amanhã o estimado leitor vai saber tudo!

Naiana e Paloma não entraram no Curso de Comunicação por acaso, e sim devido ao que muitos chamam de tendência ou mesmo chamado. Claro, se analisamos a trajetória de qualquer pretenso vocacionado, vemos que o fascínio pelo ofício jamais vem de berço e, invariavelmente, é plantado, no mínimo estimulado. No caso de ambas, o sucesso estrondoso de diferentes profissionais da mídia, sobretudo eletrônica, foi o grande incentivo para que desde a infância brincassem de jornalista e fotógrafa.

A lida constante e cada vez mais íntima com as máquinas de escrever e fotográfica sedimentou a vontade de irem o mais longe possível na profissão. Para tanto, tratam a graduação com tamanha responsabilidade que só tiram notas altas. Mas não rivalizam entre si, ao contrário: o uso de instrumentos diferentes as estimulou a se fortalecerem mutuamente mediante a atuação como dupla — que, vista como competente pelo corpo docente, foi indicada para o estágio.

Mal pisaram no jornal, viram que poderiam superar todas as expectativas e subir rapidamente. Para tanto, listaram uma série de ideias, entre as quais a cobertura de um grupo de teatro de protesto em clima de abertura política lhes pareceu muito promissora. Só não imaginavam que a pauta sofreria uma reviravolta tal que se deslocaria das páginas dedicadas às artes ou à política para as policiais.

Acham os participantes do movimento estudantil presos a um idealismo bocó e inconsequente, que acaba consumindo o tempo a ser dedicado à construção da carreira. Cientes da diferença de objetivos, pouco se importam de suas frases e fotos serem usadas como alimento da coluna de um cronista controverso a ponto de não merecer a confiança nem mesmo dos colegas de jornal. Sabem que precisarão passar um tempo longe da faculdade — pois o pessoal engajado está enfurecido —, mas já anteveem o momento em que rirão do aperto em conversa descontraída com levas mais novas de jornalistas.

Paloma vibrou com o tamanho reservado pelo jornal às suas fotografias. Quanto à parceira, sentiu-se desrespeitada no tocante ao que já chama de "meu estilo" e precisou se contentar com um crédito limitado a uma frase insuficiente, ainda mais em corpo diminuto: "Com a colaboração de Naiana Freitas." Mesmo assim, comemorou as primeiras aparições de seu nome.

As duas só não entendem a mudança repentina no plano inicial. O editor as chama e diz que a cachorrada do DCE já não interessa ao periódico, tampouco ao público, então ordenou ao colunista que matasse o assunto. Agora, como a dobradinha da jovem dupla com o rodado profissional deu muito certo, gostaria que descortinassem uma história igualmente escabrosa, só que envolvendo crime passional.

Naiana e Paloma aceitam prontamente a proposta e, convencidas da importância de tudo o que lhes aconteceu nos últimos dias, resolvem comemorar. Como decididamente não podem frequentar ambientes acessíveis a estudantes, usam os primeiros ganhos do estágio para pegar um táxi rumo a um restaurante chique de Olinda.

❖

As ondas se deitam de mansinho na areia, o sol se derrama com gentileza sobre os corpos, mas a mente de Celso só pensa em tubarão. Abalado pela agressividade com que Nicolau reagiu ao segundo capítulo do folhetim, imagina o temido peixe chegando sorrateiramente e mutilando.

É, portanto, com medo redobrado que vê o amante aparecer na piscina com um exemplar do *Diário da Noite*, no qual deixa à mostra a página do fatídico folhetim. Surpreendentemente, porém, o deputado está sorridente e tasca um beijo cheio de ardor.

— Tudo resolvido! — Mostra com orgulho o texto que coloca um fim no bafafá. — Você não faz ideia do que precisei comprar de jornalista e policial! Mas o importante é que não se falará mais no assunto!

Estica os longos e peludos braços, levanta Celso sem qualquer esforço e o transporta como se estivessem em lua de mel. No quarto, joga o rapaz na cama e se apressa em retirar o paletó.

— Viu como sou poderoso? O problema é esse gosto estranho na boca... Toda vez que ajo como fodão, fico assim: enjoado. Será a tal sensação de que fala aquele seu ídolo zarolho? Sei que, mais que nunca, preciso que me subjugue, me humilhe, me machuque! Agora, se fizer tudo direitinho a ponto de acabar com minha náusea, compro um carro pra você ir pra faculdade. Que pode ser de Filosofia, tudo bem! O importante é a gente continuar junto e protegido! Vem!

Celso sorri agradecido para o mantenedor e, sem dizer palavra, vai. Imagina-se usando o automóvel para visitar namorados nos mais variados bairros recifenses. Quem sabe assim esqueça Rafinha?

❖

Lúcia lastima que o olfato apurado não ajude em nada e até atrapalhe. Mostra disso é não saber ao certo se desinfetante de banheiro de ônibus cheira ou fede. No demorado trajeto de Recife ao Rio, sempre aguardou ansiosamente cada parada, para esticar as pernas, claro, mas sobretudo para ver eliminado o odor acumulado no cubículo. O problema é que, para cumprir sua função, o neutralizador dos eflúvios precisa ser tão ativo que lhe embrulha o estômago. Daí o costume de comprar passagem com antecedência e, assim, ficar numa das poltronas da frente.

Mas hoje a necessidade de sumir da cidade impôs que chegasse com Rafinha já de mochilas à rodoviária, onde só conseguiram dois lugares no fundo, justamente ao lado da latrina. Ao contrário das outras vezes, o pinho sol adentra suas narinas feito carícia. Não sabe o que acontecerá com o estômago durante as mais de quarenta horas de viagem, mas é muito bom se sentir protegida pelo transporte — que lhe parece uma espécie de embaixada na qual acabou de se refugiar.

A seu lado, Rafinha solta sucessivos suspiros e diz que não vê a hora de inaugurar vida nova na eterna capital do país. Não somente deixa para trás uma província que o asfixiava, como sonha com as oportunidades de mostrar seus dons. Dispõe-se a tudo, claro, inclusive ser — como a pobre Tonha! — um simples contrarregra. Mas acredita que interpretará importantes papéis no teatro, no cinema e na tevê.

Ressabiada com a primeira experiência na capital fluminense, Lúcia pensa em lhe sugerir baixar a bola e reduzir as expectativas. Mas conclui que o aperto do qual estão tentando escapar autoriza o cultivo de sonhos que, realizáveis ou não, lançam a âncora para o futuro. Ela própria leva consigo os desenhos e rabiscos que, bem desenvolvidos e produzidos, quem sabe virem peça de prestígio? Então acrescenta que, carismático como poucos, Rafinha fará uma carreira meteórica.

— Ainda mais agora que o Brasil está voltando a respirar! Todas as portas em que você bater vão se abrir!

— Viva a Abertura! — Rafinha dá um abraço emocionado na amiga.

Em coincidência estimuladora da ideia de que os astros os acompanham, o ônibus começa a dar a marcha à ré com que sai da plataforma, de modo a tomar destino. O leve ranger e o balanço macio da carroceria são saudados com palmas pelos dois.

Os demais passageiros acham estranho que, acomodada nos piores assentos do transporte, a dupla sinta entusiasmo por se iniciar uma jornada durante a qual penará tanto. Então se sucedem risos de diferentes feitios e com as mais variadas motivações, aos quais se somam umas poucas batidas de palmas solidárias.

3 A viagem da boina[1]

Nem o assento da frente comporta direito minhas "pernas longas, de gaúcho", conforme disse Paulinho, antes de propor que Iva e Neca se acomodassem atrás. As duas até acharam bom, pois a muvuca lhes permite continuar trocando olhares cúmplices, invariavelmente seguidos de gargalhadas, como se cada meandro de mundo fosse um espetáculo divertidíssimo.

Paulinho tá na mesma *vibe*, ainda que a função de chofer o obrigue a dividir a atenção, já um tanto comprometida pela miopia vermelha que se avista por trás das lentes dos óculos, com o que acontece além do para-brisa. Embalado apenas por dois conhaques, me limito a sorrir de leve, dizendo pra mim mesmo que, na carência em que me encontro, não tenho direito nenhum de achar os três abobalhados.

Neca paparica seu velho gravador e cobre de elogios uma das fitas K7 que preparou especialmente pra viagens, agora a oferecer, a uma altura que possibilita conversa, o estribilho iniciado com "I can't get no satisfaction", reproduzido, ao menos em parte, por todos nós. Paulinho garante que não perderá nem a pau o show dos Rolling Stones, programado pro próximo mês, conforme anunciam outdoors espalhados por toda a cidade.

Passados alguns segundos, lembro do recente surto de bandas de roque nacionais e comento que Mick Jagger se organizou pra vir aos trópicos por necessidade de aprender com seus colegas brasileiros. Reagindo à minha ironia com maldade, Iva dispara que a literatura só tem final infeliz porque os autores são todos rancorosos.

[1] Publicado originalmente na coletânea *O que resta das coisas*, organizada por Ricardo Barberena em comemoração aos setenta anos de nascimento de Caio Fernando Abreu e lançada em 2018 pela Editora Zouk.

Os três soltam um riso tão esporrento que temo ver o fusca escorregar nos trilhos e se esborrachar nalgum poste.

O pior é me sentir sobrando numa excursão sem sentido. Afinal, trocar Santa Teresa por Mirantão é quase uma redundância. Comparado ao deserto que enfrento cotidianamente em Sampa, o bairro do bonde figura de oásis. Sobretudo na parte alta, já grudada à floresta, onde uma ex-socialite tão dura e decadente que se autonomeia "massa falida" me alugou um dos cômodos da vivenda oitocentista herdada da família.

Cheguei lá depois de fechar uma nova leva de contos, quando o desgaste de mais esse parto me fez chorar por um bom tempo, ao fim do qual decidi me afastar um pouco de tudo o que tinha me cercado durante a escrita. Passados cinco dias descendo a pé a comprida Almirante Alexandrino — pra finalmente tomar a Aarão Reis e dar no Bar do Gomes ou esticar até a Ladeira da Misericórdia e desaguar na Lapa —, aceitei com entusiasmo o convite, feito na irresponsabilidade das quatro da manhã pelo trio, mais conhecido que amigo, com que findava a noitada.

— Quase ninguém vai lá! — Paulinho fechou os olhos, já mínimos, pra antever o éden.

— Gosto de Mauá e Maromba, mas visual é Mirantão! — Neca enfatizou.

— Sempre que fui, quis virar local! — Iva elevou a lisonja ao ápice.

Também tomado pela ideia de que a felicidade tá sempre longe de onde nos achamos, confirmei que achava maravilhoso conhecer Mirantão, pelo que me diziam ideal pra gente se concentrar em trabalhos de fôlego, a exemplo do romance pra cujo enfrentamento começava a me preparar. Já agora, encarava o final de semana que planejávamos ali como possibilidade de usar a água fria de poços e cachoeiras pra reavivar meu corpo, mortificado pelo acorrentamento de meses à máquina de escrever. Primeiro, redigia baboseiras pra pagar as contas; na segunda etapa da jornada, sofria com os personagens de mais uma narrativa, que evidentemente precisava ser tão curta quanto aquelas, únicas, que o monge Machado conseguia produzir em períodos de muito trabalho na repartição. Os quatro copos se encontraram no ar, como se nos conhecêssemos desde a primeira infância e celebrássemos a oportunidade de resgatar o passado em passeio ao paraíso.

Acordei lá pelas três da tarde e, em regalo com que brinco de me acariocar, continuei na cama. Vezenquando recordava com certo incômodo a combinação nada a ver de me despencar pro mato. Na tentativa de me acalmar, recorri à estatística, que eu próprio havia desenvolvido, segundo a qual mais da metade dos compromissos assumidos no Rio é furada. Projeto concebido durante saideira no Bar Goiabeira, então, é que ninguém leva a sério mesmo. Àquela altura, nenhum dos três devia nem sequer lembrar de minha existência.

Quieto em meu canto, esquecido de todos, queria era repassar mentalmente os contos entregues ao editor, que, convencido de que meu jeito jeans fará muito bem à sua exitosa coleção de bolso, praticamente os arrancou de minhas mãos. Desde então, tento verificar se de fato me agradam, se são o máximo que poderia colocar em circulação depois dos trinta anos, se fazem sentido juntos. Luto sobretudo pra banir a impressão de que falta uma última peça: algumas poucas laudas que, ao demonstrarem magnetismo entre polos aparentemente opostos, ajudem a atenuar a deprê do conjunto.

Pra me acalmar um pouco, lembrei do tom categórico com que o editor havia dito que os sentimentos de insuficiência e vacuidade andarão sempre comigo, mas jamais comprometerão aquilo que escrevo. "Ao contrário: são o adubo de sua prosa!" Na hora, tive vontade de rir de sua pretensa esperteza, que, no entanto, me servia de apoio durante a rememoração.

Quanto mais observava o telhado musgoso do velho casarão, mais constatava que os enredos variam em cenário, mas se unificam pelo desespero, pesado a ponto de transformar tudo em declive. A divisão da coletânea em duas partes parece ajudar no arejamento, em malabarismo arquitetônico que, entretanto, apenas acentua o encaminhamento pro despenhadeiro.

Na contramão, em movimento sinuoso, quixotesco, que não cura ninguém de nada, nem mesmo de dor de cotovelo, mas é percebido pelos poucos leitores que realmente me interessam, sobressai o resultado de um esforço estafante. Pra mim, escrever é quebrar toda a matéria-prima feito cabra-cega, acariciar os cacos até sentir os dedos sangrarem e, depois de descartar as partes imprestáveis, valer-me da legitimidade dos insatisfeitos crônicos pra usar as escolhidas na criação de estranhices.

Leminski, filho temporão de Oswald, portanto hábil criador de neologismo ferino, anda rindo de escrito esquerdofrênico já não encontrar mercado. Será que agora os críticos me respeitarão de verdade? Alguns certamente dirão que nem a abertura política reduziu o umbigo e o frufru de certos desbundados... Mas as autocríticas dos ex-exilados fazem as acusações de alienação (como aquelas que atingiram a amantíssima Clarice alguns anos atrás) parecerem a mais stalinista das patrulhas. Mesmo que sejam mais jornalísticos que literários, os depoimentos dos ex-guerrilheiros hão de contribuir, ainda que involuntariamente, pro resgate da prosa má-moça, danada, sem pose nem serventia.

Só não posso querer que gente como Hilda e eu conquiste o grande público. É possível que aumente o número de convites pra feiras e festas, onde sempre se formam plateias fissuradas pelas extravagâncias que não ousam praticar. Quanto menos entendem, mais apreciam! Chocadas com as bizarrices dos loucos da língua, agradecem pelo imenso prazer de se sentirem normais aplaudindo entusiasticamente, em uso ultra-hábil das mesmas mãos que jamais aprenderão a abrir livro experimental. *Thriller*, policial, fantástico, vá lá. Agora, poesia sem aspecto de autoajuda e narrativa sem jeito de folhetim, nem pensar.

Tava eu assim, resolvido e resignado a ponto de sentir minha comprida carcaça disposta a finalmente levantar da cama e sair pruma boa badalada, quando fui surpreendido por gargalhadas familiares na sala principal, amigável troca de palavras com minha anfitriã e, logo em seguida, sempre ao som de riso desbragado, batidas na carcomida porta de meu quarto. Que queria o trio, se já anoitecia? Retomar a farra de ontem?

— Tá pronto? — Iva gritou do lado de fora.

— A gente acordou antes do meio-dia, mas precisou da tarde toda pra conseguir se arrumar... — Neca exagerou e, como se a dificuldade de organização dos três contivesse uma engraçadíssima pitada de contestação ao sistema, arrastou os outros dois ainda mais no riso.

— É melhor assim, que o fusquete só se sente à vontade quando o sol vai embora... — A insinuação de que o carro ficaria na primeira blitz que aparecesse coroou o destrambelho.

Aborrecido com tanta besteira, cogitei seriamente de responder que sou desses que veem inteligência na tristeza. Também poderia alegar indisposição. O importante era me livrar dos três. Mas acabei concluindo que, como tudo o mais, a estada em Santa tendia a cair na rotina e, mesmo que o pulo a Mirantão se revelasse um perrengue, reacenderia a vontade de subir até a Estrada das Paineiras, pra admirar o Jardim Botânico, a Lagoa Rodrigo de Freitas e Ipanema a partir das alturas.

Além do mais, os três nem de longe eram as pessoas mais interessantes da galáxia, mas ao menos demonstravam algum compromisso comigo. Gritei que precisava apenas de um minutinho e, enquanto jogava umas peças de roupa na mochila, preparei o espírito pro reencontro emborcando duas doses do líquido endiabrado da garrafa sobre a mesa de cabeceira.

Prestes a abrir a porta, dei uma última olhada no espelho embaçado acima da pia e avistei uma cara barbuda, pela qual o cabelo se derramava sedoso, necessitado de algo que lhe mantivesse a elegância mesmo *on the road*. Ri como se fizesse uma grande descoberta, quando jamais tomaria a estrada sem a boina azul com que agrego à minha imagem um toque de Che, reconhecido, por quem ousa encarar os dois poços escuros que me servem de olhos, como sendo não de dureza, e sim de ternura.

Agora seguro a boina firmemente com a mão direita e estico a cabeça pra fora do veículo, feito sulista que precisasse de toda a umidade que emana da Floresta da Tijuca durante o inverno; ou mochileiro das antigas, a expor seu rodado rosto às carícias, sempre inéditas, do vento. Na verdade, tento escapar um pouco à estridência dos gritos de "Cause I try and I try and I try and I try" dos parceiros de *trip*, sobretudo de Iva e Neca, que alisam Paulinho, em indício de que o feriadão faz parte de um plano de combinar *ménage à trois* e lua de mel. Movimento os lábios pra fingir que os acompanho no canto e alargo minhas magras bochechas pra esboçar sorriso, mas tenho consciência de que a única mônada aqui sou eu.

Paulinho retribui os agrados de ambas retirando as mãos alternadamente da direção, mas ao menos tem a sensatez de reduzir a velocidade do automóvel. Cachos desgrenhados, barba descuidada, bata branca puída, cinto de pano colorido a segurar calças vermelhas, e tênis sujos a se movimentarem entre acelerador, embreagem e freio — tudo parece ingrediente de composição de estereótipo. Penso, com amargura, que o criticismo virginiano amplia continuamente minha distância em relação até mesmo às pessoas com quem tenho bastante em comum, sem que eu me sinta melhor que ninguém em nada.

Paulinho me lança um olhar constrangido, pedindo desculpas de a situação deixar claríssimo que é mais um desses héteros que, nos últimos tempos, se sentem culpados com o tratamento que recebemos. Quais paladinos, fazem questão de travar amizade, desfilar a nosso lado, nos defender de qualquer ameaça, chegando, em conversas mais íntimas ou emocionadas, a desmunhecar. Entretanto, ao menor afago de fêmea, são devolvidos, como que por feitiço, à armadura original, o que reduz o achegamento em relação a *nosotros* a uma solidariedade que, em certas situações, fere e ofende. Escaldado com pintas assim, tomei minhas cautelas em relação à maciez do riponguinha, a quem agora posso responder com um franzir de lábios com o qual digo bem mais do que se desse de ombros.

DJ tarimbada e exímia conhecedora da área, Neca baixa o som, mexe habilmente nas teclas do gravador e, no momento em que o volks substitui o ronco das marchas de força pelo chacoalhar da descida de paralelepípedos que une Santa ao Cosme Velho, faz a gente ouvir, a toda altura, "like a rolling stone". Eu próprio solto a voz, em recorrência ao trecho como síntese de minha solitária e desenraizada existência. Olhamos uns pros outros aliviados de finalmente formarmos quarteto. Não fazemos a menor ideia do que o futuro reserva a cada um, muito menos dos rumos de nosso flagelado país, mas ao menos neste instante, efêmero que seja, curtimos uma deliciosa epifania.

— Sujou! — berra Paulinho de repente. — Vai, Neca! Rápido! Desliga esse troço!

Bob Dylan é substituído instantaneamente pelo alarido dos três, que, em troca abrupta da hilaridade pela paúra, têm certeza de que serão arrastados pelos cabelos, metidos em masmorras e torturados pelos muitos machos a formarem uma barreira altamente armada na frente da mansão de Roberto Marinho, certamente a oferecer jantar pra decidir, em companhia de um punhado de generais e empresários, o que acontecerá a toda a nação de agora em diante. Ainda que jamais escape à sensação de suspeito, não tenho nada que possa se associar a flagrante, portanto, em vez de temer o xilindró, sofro é de ser confrontado com minha condição de dependente de frilas pra editoras e periódicos dedicados a publicar porcaria.

A mídia marrom, então, que podre. E eu, revolucionário dos costumes, superinquieto, hiperquestionador, com o indicador frequentemente em riste, a usar minha metralhadora imaginária pra combater todos os opressores do universo, inclusive os ditos de esquerda que se permitem ser machistas, vivo reduzindo a balbucios e cochichos as raras críticas que ouso fazer aos donos dos grandes meios de comunicação. As portas dos poucos diários, hebdomadários e mensários de peso precisam se manter abertas, sob pena de a modéstia virar miséria, penúria, morte de fome. Vendido, eis o que sou!

— Se eu for, babau! — pondera Paulinho. — Vão sacar a inhaca no ato, descobrir o bagulho e levar *everybody* em cana!

Seis olhos encarnados se voltam pra mim, eleito, por aclamação muda e suplicante, pra apresentar a comprometedora mala do fusca aos brucutus. Penso seriamente em mandar o trio à merda, saltar, informar aos milicos que apenas pegava carona e usar minhas "pernas longas, de gaúcho", pra seguir calçada afora, muito cidadão, rumo a Laranjeiras. O problema é que minha mochila tá misturada às deles e tem, entre as provas de que me pertence, o bloco em que anoto ideias pro tal romance. Como os demais livros, o *novel* demorará anos até ficar pronto; mas preciso rabiscá-lo com urgência, pra me convencer de que as cento e tantas laudas prestes a serem diagramadas realmente formam um todo coeso e já fazem parte do passado.

Do nada, baixa um pensamento que outrora chamariam de inspiração: a mim, muito mais interessado em história do que em História, essa víbora chamada vida oferece a oportunidade de ganhar uma estampa capaz de render o suficiente pra me livrar da escravidão dos bicos. Parta dali em camburão da PM ou viatura do Exército, empregarei os tempos de cárcere no engendramento de um relato com início mais ou menos assim:

Como dizem os especialistas, o dito Império do Brasil não passou de reinadozinho pusilânime, periférico e sem qualquer poder de influência fora de seu território dilatado, porém brenhoso. Ironicamente, há décadas o país tem um verdadeiro imperador: onipresente, a manter sob rédeas curtas a atenção de cada compatriota, um déspota atravessa incólume as variações de governo e até de regime. Minha desgraça consistiu em passar em sua porta justamente na noite hibernal em que se fazia mais um ajuste no discurso com que os mandantes de sempre disseminam a ideia de retorno à democracia...

Com um início assim, eu ganharia a simpatia de companheiras e companheiros, que fariam um boca a boca capaz de animar as livrarias. Agora, o que realmente transformaria o livro em *best-seller* seria seu deslocamento do espaço nada visitado das resenhas pras páginas policiais e políticas. O assunto despertaria o interesse mesmo de quem detesta literatura, que eu teria o cuidado de seduzir ao oferecer um entrecho cheio de peripécias e emoções, colocado em capítulos breves, feitos de parágrafos de poucas linhas e pródigos em diálogos.

Inabaláveis, as próprias Organizações Globo, cujo sucesso depende da canibalização generalizada, abririam espaço nas mídias impressa e eletrônica pro fenômeno de vendas. Submetidas a copidesque cioso, as notícias sobre a obra a despiriam completamente do caráter de denúncia. Aos poucos, cristalizariam a ideia de que o suposto imperador é da linhagem democrática e esclarecida de Dom Pedro II.

Seja como for, alguém precisa negociar com os homens, que começam a se aproximar em forma de cinturão, a deixarem claro, com a simples expressão do rosto, que jamais acreditariam na limpeza de uma lata lotada de jovens de aparência duvidosa. Neca bate em meu ombro direito com a delicadeza de quem roga, Iva afunda no banco traseiro e Paulinho segura o volante com força pra dissimular a tremedeira. A paranoia os leva a perder completamente a dignidade diante do perigo. Igualmente nervoso, amasso a boina contra a cabeça na esperança de ganhar o que me falta de coragem, abro a porta com o máximo de calma que consigo, desço de um modo que não levante qualquer suspeita de que esboço reação e dou um boa noite alto o suficiente pra convidá-los a tratar comigo.

Acostumados com a rotina de abordar primeiramente o motorista, os fardados hesitam um pouco sobre o que fazer, mas um oficial posicionado a certa distância faz um sinal de cabeça pro sargento, que se adianta pra me acompanhar pessoalmente na temida inspeção. Abro o capô e ouço o rangido da tampa como indício de que nos daremos muito mal. Inclino-me solícito e humilde, certo de que sairei da revista já algemado.

Ao sentir o corpo do sargento alinhado com o meu, penso em elogiá-lo pela conquista das três linhas da divisa, mas contenho o ímpeto a tempo, pois a luz de sua lanterna deixa ver uma bagagem tão esculhambada que qualquer puxada de papo, principalmente idiota, ainda mais com bafo de conhaque, passaria por tentativa de ludibriar. Ele apalpa todas as mochilas pra fazer o reconhecimento prévio do terreno, mas, em vez de abri-las de imediato, vira o rosto levemente pro meu lado e me perscruta da cintura até a boina, na qual se detém. Deve compará-la, toda achatada, ao quepe verde-oliva que tem garbosamente na cabeça. As etiquetas "comunista", "maconheiro" e "marica" certamente pipocam em seu cérebro. Preparo-me pra receber os insultos de sempre, quem sabe até uns tapas.

Entretanto, não sinto animosidade ou sequer energia ruim da parte dele. Fico pasmo de vê-lo esboçar um leve sorriso que lhe permite mostrar, apenas pra mim, o bom estado dos dentes tratados pelo Exército. Finalmente começa a abrir as mochilas e, ao lançar o facho da lanterna no interior da primeira, já sussurra que tá tranquilo, pois a ordem é de procurarem apenas armas. Remata a gentileza perguntando se minha boina, assim espalhada, é sinal de que sou pintor.

— Não, de cabeludo mesmo... — gaguejo e já me amaldiçoo por reagir de maneira tão imatura quanto o trio, a esta altura certamente roendo unha. — Na verdade, sou escritor.

— Eu sabia que era artista... Um dia também sonhei em ser um... Até hoje guardo a guitarra que meu pai me deu antes de enfartar...

Suspira tão fundo que sinto dó de nós dois e, talvez devido aos muitos abalos dos últimos tempos, preciso lutar pra não cair no pranto. Se ele parece frustrado, morro de medo de a necessidade de pagar contas ou a fatalidade me impedirem de botar pra fora toda a ficção que intuo dentro de mim.

Mas lanço um olhar de esguelha e, ao ler seu nome no uniforme, acho uma graça tal que me imagino correndo até o primeiro orelhão pra implorar ao editor que segure os originais na fase de preparo. Em menos de uma semana, tomarei um ônibus noturno e, na manhã seguinte, lhe entregarei o texto que falta ao novo livro.

— Sargento Garcia, com todo o respeito, acho que nosso encontro vai virar conto...

— Prefiro romance...

4 Vice não voga

Hoje, a elegante continência matinal que dá ao abrir a porta do escritório é seguida de sorrisinho maroto. Age feito menino eufórico por ter protagonizado proeza sonhada pelos adultos que mais preza. Afinal, se ainda não atingiu o zênite, partilhado pelos cinco heróis cujos quadros ocupam a parede principal do cômodo, acaba de tomar posse no posto imediatamente anterior, a partir do qual poderá facilmente escalar o último degrau.

Aliás, ainda durante a campanha se espalhou o prognóstico de que os enredamentos pessoais e familiares tornam o cabeça de chapa fadado ao afastamento. Diante do acúmulo de incertezas, preparar-se para substituí-lo nem de longe configura deslealdade: destinada ao atendimento de uma necessidade da nação, a atitude é até patriótica.

Lança um olhar reverente para o primeiro ídolo e começa a percorrer os retratos lentamente, enquanto balbucia agradecimentos pelo significativo legado de todos, especialmente do quinteto. Diante da falta de pulso e prumo dos civis, o povo finalmente entendeu que segurança é o bem mais precioso. Tomado pela saudade de um tempo em que podia andar tranquilo pelas ruas, decidiu espontaneamente, pelo voto, devolver o poder a quem se prepara profissionalmente para exercê-lo.

Enrubesce ao se antever ampliando a fila, mediante a ocupação do sexto lugar, ao lado dos colegas de patente. Repete em voz baixa o que nunca diria publicamente: o uso da faixa por um simples capitão reformado é um acinte. Se as Forças Armadas têm que atender ao clamor da sociedade e assumir a Presidência, que seja com general. Balbucia a promessa de que, caso o destino lhe ofereça a imensa honra, compensará o fato de não ser propriamente branco mediante a coroação da obra dos antecessores.

No momento apropriado, convocará todos os meios de comunicação para uma entrevista coletiva, durante a qual lembrará que nasceu de pai amazonense e, coerentemente com a origem, autodeclarou-se indígena em seu pedido de candidatura a vice junto ao Tribunal Superior Eleitoral. Prova da ascendência aborígine os repórteres têm em seu próprio rosto, que os cinegrafistas podem ficar completamente à vontade para captar em close.

Em dois segundos, o carão castanho se espalhará por celulares, computadores e tevês. Raoni, Davi Kopenawa, Sonia Guajajara, Macuxi, Ailton Krenak e demais supostos porta-vozes dos povos da floresta se morderão de raiva e farão de tudo para desautorizá-lo. Mas como, se entre suas credenciais se incluem os próprios traços físicos?

Durante o longo e intenso debate que então se seguirá, a grande mídia fingirá dar voz a todos, mas, movida pelo interesse inconfesso em apoiar o agronegócio, a exploração de cada gota de combustível fóssil e as empresas de mineração, encontrará meios de erigi-lo em novo arauto. Ao final, ei-lo representante genuíno dos povos originários, portanto dotado de legitimidade para expor o plano de intervir em boa parte das terras dos índios para conservar o todo do torrão pátrio.

A nova reação será ainda mais retumbante. Músicos maconheiros de fama internacional espernearão e universitários vermelhos farão passeatas inflamadas. O noticiário dará conta de caravanas ridículas que os filhos dos cafundós farão a Brasília, onde mostrarão carnes impudicas e flechas inoperantes, farão dancinhas de caranguejo e serão recebidos pelos políticos de esquerda. Mas, indolentes de nascença, logo retornarão às aldeias e se aquietarão. Em pouco tempo, outras pautas se imporão, apagando o impacto do anúncio.

Então, fazendas, cidades, usinas e indústrias pipocarão em pontos estratégicos, formando um cordão de isolamento contra os estrangeiros, que vivem chamando a Amazônia de paraíso e pulmão por pura esperteza. Na verdade, querem que aquele mundão verde se mantenha desabitado e isolado para explorá-lo sorrateiramente. Se não reagir, o país se arrisca a acordar quando já não terá poder algum sobre a região — cuja responsabilidade o vice chamará para si.

Solta uma piscadela para os cinco, pois o povoamento da mata certamente será um passo importante, mas apenas o primeiro de um processo urdido em minúcias ao longo de mais de três décadas. De 1985 para cá, soldados, cabos, sargentos, tenentes, capitães, majores, coronéis, brigadeiros, almirantes, marechais e generais se fingiam totalmente desinteressados em repetir a gloriosa aventura iniciada em 1964, mas na verdade esperavam apenas que alguém lhes apontasse o caminho da volta.

Desde a base até o cimo da hierarquia, nunca tiraram os olhos dos diferentes níveis de governo. Dia após dia, analisaram a conjuntura em ambientes tão variados quanto colégios e clubes militares. Em movimento de que participavam diferentes gerações, combinaram crítica aos desmandos dos governantes e preparação paciente do retorno triunfal.

Lacrimeja só de imaginar que, já na reserva e com um pé na terceira idade — situação que muito cretino se permite saudar com piadinha envolvendo pijama —, tem diante de si a possibilidade de desempenhar sua missão mais importante. Tão logo ocorra o impeachment, iniciará campanha para que todos os brasileiros se coloquem na boa via. Da mesma forma que na década de setenta a eletricidade e a televisão conectaram o território nacional, usará a internet para fazer os habitantes dos mais distantes rincões adquirirem hábitos saudáveis, como hastear bandeira e cantar hinos, a começar pelo da Independência.

Pena que êxtase algum resista a toque de celular. Até mesmo o som de corneta de seu equipamento lhe parece irritante e inoportuno neste momento especial. Emite um esgar de aborrecimento, que transforma plenamente em careta ao ver, pelo nome do contato, que se trata do tal. Respira o mais profundamente que pode, enxuga os olhos, varre da cabeça o enlevo e solta um pigarro para limpar a garganta, então aperta o sinal verde do aparelho e pronuncia um "pois não, presidente" positivo e respeitoso.

IRMÃOS DO NORTE

Ao final da mesma jornada, volta a se trancar no conforto do escritório. Planejado por um arquiteto amigo, o ambiente é mobiliado e decorado com peças escolhidas a dedo e, ao mesmo tempo, resistentes às mudanças impostas pela vida militar, de modo que a troca de endereços não afete o cenário. Como último gesto formal do dia, o vice coloca o paletó no pequeno *closet* em que deixa temporariamente um ou outro item de seu vestiário particular, dos quais a arrumadeira se encarregará em seguida. Então solta a gravata, liga o ar e deixa o uísque banhar a contento os cubos de gelo.

Levanta o copo e admira o líquido como se contemplasse uma bola de cristal. Ri do exagero da associação, mas realmente deve à bebida um grande número de estalos, insights e iluminações. Gosta sobretudo da sensação, nascida a partir do terceiro trago, de que cavalga um corcel como aqueles do filme *Buffalo Bill*, em cima dos quais caubóis, índios e soldados avistam amplamente o horizonte.

— O uísque é o melhor amigo do homem. — Imita Vinicius de Moraes, a quem, no entanto, se compraz em corrigir: — É o cavalo engarrafado.

Bom humor e bem-estar se juntam imediatamente para transportá-lo até um certo início de noite em que ouviu o pai dizer, com ar brincalhão, que precisava lhe mostrar a relevância do animal para a história dos Estados Unidos. Não entendeu que elo poderia existir entre o mamífero de quatro patas e o progresso do país mais importante do planeta, mas adorou a ideia de irem ao cinema ver o clássico de 1944, que ao longo das décadas realmente o instruiu mais sobre geografia e política do que qualquer curso.

Inicialmente, absorveu o rico conteúdo do grande sucesso de Hollywood nas salas de projeção que o reprogramavam e também em reprises pela tevê. Até que surgiu essa maravilha chamada Video Home System, que lhe permitiu passar a fita no videocassete a qualquer hora do dia ou da noite, fosse para se entregar ao fluxo do enredo, fosse para rever passagens merecedoras de mais reflexão. Naturalmente, a forma e o teor da película entraram em suas conversas com colegas, assim como em aulas ministradas a militares mais jovens.

Entre os fatos para os quais o pai chamou a atenção na primeira sessão, destaca-se o seguinte: em 1869, a inauguração da estrada de ferro unindo as costas do Atlântico e do Pacífico revolucionou o transporte de cargas e passageiros, mas os quadrúpedes — que antes do trem garantiam com exclusividade os grandes deslocamentos por terra — continuaram fundamentais. Além de fazerem a ligação entre ranchos e estações, possibilitavam incursões por lugares inóspitos e intrafegáveis. Basta pensar nas montanhas e nos desfiladeiros que nativos e fardados precisavam percorrer para se vigiar mutuamente, criar emboscadas e, chegada a hora, desembestar planície ou planalto afora para os enfrentamentos.

Conhecedor das marcas que a formação pode deixar no indivíduo, o vice tem certeza de que a firmeza que todos apontam em sua personalidade se deve ao exemplo recebido do genitor e, em igual medida, à familiaridade com equídeos desde os primeiros anos de vida, quando tinha nos passeios de pônei verdadeiros picos de alegria. Além de multiplicar a potência do ser humano, a cavalgadura impõe a adoção de uma postura altaneira e educa o olhar, que se acostuma a mirar o mundo como se estivesse sempre em nível mais elevado.

Orgulhoso da carreira do pai, o piá ficou todo ancho ao perceber que o longa-metragem demonstrava claramente que o Exército é intocável. Os índios conheciam aquelas terras como ninguém e, ao se multiplicarem a partir da união das muitas tribos, acharam que triunfariam. Ironicamente, a vitória momentânea selou a derrota final: ao massacrarem o oficial George Armstrong Custer e seus homens, na famosa batalha travada no estado de Montana, abriram as portas do inferno. Ciosas da importância de sua boa imagem para a própria autoestima da nação, as Forças Armadas se sentiram obrigadas e autorizadas a reagir de maneira a não deixar dúvida sobre quem mandava em cada centímetro.

Isso tudo no longínquo ano de 1876. Até hoje certas mentes dadas a sonhar com um mundo que não existirá jamais torram a paciência dizendo que os soldados cometeram barbaridades. Em momento algum param para pensar que, além de não se ganhar guerra com delicadezas, nenhum Estado que se preze pode tolerar unidades autônomas em seus domínios.

Diante de exemplo tão eloquente, como explicar que o Brasil ainda cultive o pensamento atrasado de que os silvícolas são entes eleitos pelos céus para possuírem terras tão extensas que nem sequer conhecem seus limites? "Em que cartórios foram lavradas escrituras tão generosas?", perguntou certa vez em palestra na Escola Superior de Guerra, arrancando gargalhadas da plateia. Sempre que ouve alguém tratando índio de pobrezinho e defendendo seu direito a amplas propriedades, precisa conter a vontade de gritar que os verdadeiros responsáveis pelo atraso em que nos encontramos são os ambientalistas.

Para se acalmar, lembra que, enquanto os civis são tomados por outras obrigações que não vigiar o mundo, os militares justificam o soldo exatamente por terem como função precípua perscrutar a realidade por água, ar e terra. Contínua e global, a atividade é tão fascinante que se confunde com jogo e lazer. Não por acaso, quase sempre rega a uísque as longas horas diante do mapa-múndi que mantém numa das paredes do escritório, no qual naturalmente dedica uma atenção especial à área ocupada pelo Novo Mundo.

Em geral, começa admirando a variedade dos desenhos e analisando as medidas dos diferentes solos. Para não se alterar diante do mosquito pretensioso de nome Cuba — que, mesmo menor que o Amapá e com uma população inferior à da cidade de São Paulo, insiste em exportar seu fracassado modelo político para a vizinhança —, logo passa a um paralelo entre as dimensões dos Estados Unidos e do Brasil, dos quais o gigantismo parece garantia de que nenhum novo surto comunista prosperará nas Américas. Aliás, como todo general é sobretudo um estrategista, já imaginou vários planos de ataque conjunto das democracias contra eventuais ousadias da ilha mais petulante de que se tem notícia.

Agora, o foco principal do misto de exame e estudo é o encontro da Região Norte com os países adjacentes. Partilha o pensamento da quase totalidade dos militares de que, despovoada, a imensa fronteira é o flanco mais preocupante e cobiçado. Daí que, ao localizar no mapa dos Estados Unidos os locais de ocorrência das guerras retratadas em sua película preferida, sempre balbucia: o Brasil só vai se proteger e deslanchar de verdade quando nosso governo fizer igual, ou seja, no momento em que tiver colhão para se lançar sobre o solo e o subsolo dos índios.

Da primeira vez em que viu *Buffalo Bill*, escutou o pai dizer que alguns problemas pedem soluções a um só tempo ardilosas e drásticas. A ideia de erradicar o animal com que cheyennes, sioux e outros povos selvagens se alimentavam parece cruel, mas é principalmente brilhante. Com uma só investida, Washington forçou a incorporação dos índios ao conjunto da população, passou a explorar legalmente os minérios de suas ex-terras e unificou o território.

Mesmo que se dissesse próximo dos dois lados em conflito, o aventureiro William Frederick Cody tinha tanta consciência da importância de passar o trator sobre as pretensões separatistas e exclusivistas dos nativos que jamais renegou o apelido que lhe deram justamente por haver matado milhares de búfalos. Igualmente engenhosa foi a maneira que encontrou de continuar bem com todo mundo: encenando aventuras de caras-pálidas e peles-vermelhas num circo itinerante que, segundo consta, viria a inspirar os filmes de faroeste.

Ao atravessar os Estados Unidos e a Europa com sua célebre companhia, o herói contribuiu para colocar os indígenas num pedestal em que, no entanto, não ameaçaram mais ninguém. Continuaram sendo vistos como bravos, porém, ao terem a valentia privada de arestas até se harmonizar ao espírito conciliador do espetáculo, tornaram-se definitivamente lenda e passaram a integrar o passado de um país compromissado com o futuro. Mostra disso foi o próprio chefe Touro Sentado — que liderara três mil e quinhentos índios na famosa batalha em que derrotaram a Cavalaria Americana — participar do *Buffalo Bill's Wild West Show*.

O vice coloca uma nova dose e, enquanto mexe os cubos, solta um suspiro de indignação: como podem duas nações terem em comum o imenso potencial e apenas uma conhecer o caminho do progresso? Fortalecidos pela vasta experiência em resolver pendências internas com coragem — sempre que preciso, na bala —, os Estados Unidos desenvolveram força e disposição inclusive para lutar pela democracia mundo afora.

Basta pensar no apoio dado aos democratas tropicais no início dos anos sessenta, quando o mundo temia que virássemos uma Cuba de proporções continentais. Sem a valiosa ajuda, os militares brasileiros dificilmente teriam conseguido vencer a onda comunista, conquistar o poder e guiar o país durante as duas décadas cruciais que se seguiram.

Como infelizmente a História parece se fazer de ciclos, o novo milênio voltou a inspirar ainda mais preocupação, agora devido à permanência de uma esquerda perigosíssima à frente de quase toda a América Latina. Em determinado anoitecer, o vice chegou a espatifar um copo no chão, pois realmente se tornara insuportável a visão dos mapas de Argentina, Bolívia, Brasil, Chile, Equador, Uruguai e Venezuela. Odiava pensar que seus governantes ostentavam a condição de eleitos — portanto, não podiam ser acusados de atropelar a vontade popular —, todavia garantiam os votos da maioria graças a um programa claramente socialista de distribuição de renda.

No Brasil, os riscos de os espertos se perpetuarem se ampliaram com a descoberta do pré-sal, que lhes facultaria juntar ainda mais dinheiro, com o qual continuariam corrompendo desde moradores de rua até jovens em idade de frequentar a universidade, além — o que era ainda mais grave — de empresários que, pelo próprio porte, deveriam ter vergonha na cara e voltar à luta pelo bom e saudável capitalismo. Ah, mas os Estados Unidos decididamente não dormem: o presidente da vez era negro e democrata, mas nem por isso menos norte-americano. Distinto, risonho, a falar com frequência de igualdade, foi ainda mais útil ao se juntar às demais forças decididas a impedir que o pesadelo de cubanização desta parte do globo finalmente se concretizasse.

A esquerda só conseguiu descobrir alguns documentos comprobatórios da participação de Washington nas articulações para banir a ex-terrorista do Palácio do Planalto quando já estava completamente desbaratada. Naturalmente imputou aos membros do Judiciário e das Forças Armadas do Brasil o crime de lesa-pátria. Como sempre, tentou reforçar a acusação sublinhando o abocanhamento multinacional das riquezas nacionais, agora concentradas nas reservas petrolíferas descobertas nas profundezas litorâneas.

Remoçado pela vitória, o vice ria da inutilidade do esperneio dos desbancados, cujos argumentos não tinham eco algum junto ao povo. Na verdade, quase ninguém entendia o que estava acontecendo, mas a conversa de quase todo mundo era pautada pelos grandes meios de comunicação, segundo os quais a nação fora assaltada pelas maiores ratazanas já flagradas sobre a face do planeta. Quem daria crédito a acusações de roubo futuro feitas por larápios cujos delitos estavam justamente sob holofotes?

De mais a mais, que importância tinha a tal riqueza subterrânea diante da possibilidade de o Brasil retomar o rumo da verdadeira democracia? "Que se dê cada gota de petróleo do pré-sal aos Estados Unidos, contanto que defenestremos esses comunistas de Brasília!", o vice chegou a bradar, sob aplausos, em certa roda de conversa no Clube Militar.

Fardados de todas as patentes finalmente se viam vingados de calúnias intoleráveis, como aquelas levantadas pela tal Comissão Nacional da Verdade, que resolvera impor vexames aos verdadeiros salvadores da pátria e, assim, incorrera no mesmo erro dos índios norte-americanos. Aliás, foi justamente ao assistir ao vídeo do interrogatório público do já octogenário coronel Carlos Alberto Brilhante Ustra que o vice começou a se perceber diante da última oportunidade de fazer valer sua geração e honrar os antecessores.

Naquela noite decisiva, reviu mais uma vez *Buffalo Bill* e prestou uma atenção especial nas atitudes mais enérgicas do mocinho, como a eliminação do chefe cheyenne Mão Amarela (de quem era amigo!) e os tiros sucessivos sobre os bisões. Sim, alguns atos aparentemente selvagens são fundamentais às trajetórias heroicas. Diante do bem que Ustra fizera à nação, que importância tinha a suposta colocação de ratos nas vaginas das prisioneiras? E daí se levou a prole de uma delas para assistir à tortura? Espancou uma mulher que podia estar grávida, mas nem por isso era menos bandida!

Especialmente agitado com a lembrança da humilhação pública do melhor chefe que teve enquanto esteve na ativa, o vice passou horas bebendo e repetindo argumentos. Como podia o conterrâneo Ustra ser acusado de assassino e torturador, se durante o tempo em que chefiara o DOI-CODI com tanta galhardia o Brasil estava entregue à guerra de vida ou morte entre democracia e comunismo? O mais repulsivo era pensar que os difamadores e julgadores do velho coronel viviam assim com ditadores como Fidel Castro e Hugo Chávez.

Mas tudo isso passou de maneira tão inesperada e resolvida que já não incomoda. Importa o presente, em que a guerra continua, mas ao menos é surda, subterrânea, entre partidários do mesmo lado. Não há como negar que o tal se mostrou a única via de retorno dos fardados ao poder, portanto, mesmo que sua deposição se mostre necessária, não pode levá-lo a se desmoralizar mais do que ele próprio consegue, com suas sucessivas trapalhadas.

— A Ustra, Buffalo Bill do Brasil! — O vice levanta o copo, radiante com a descoberta do paralelo e o efeito da rima.

Toma o último trago de mais um pileque que considera histórico, como, de resto, tudo o que acontece em seu requintado abrigo. Até imagina um biógrafo registrando que nesta noite auspiciosa comemora o acerto de haver usado a revolta diante da perseguição que os militares sofriam dos governos de esquerda como combustível para mergulhar na luta política, graças à qual está a um passo de virar o verdadeiro capitão da pátria.

MINADO E MOVEDIÇO

Imprime um pouco mais de força nos pedais e logo se vê alguns metros à frente dos seguranças, devidamente avisados de que devem respeitar esses afastamentos temporários. Aproveita a falta de testemunhas para deixar o rosto substituir a serenidade de estadista pela sombra da aporrinhação mais recente.

Lembra de ter lido em algum lugar que Kant, Nietzsche, Rousseau e outros filósofos usavam as caminhadas para fazer o pensamento avançar. Desde sempre dado à ginástica, acha passeio de bicicleta muito leve para ser considerado atividade esportiva; mas, justamente por exigir pouco do corpo, permite que o espírito trabalhe.

Sem falar que selim é como sela: coloca a pessoa a cavaleiro do mundo, sobre o qual fica mais fácil desenvolver reflexão. Rompe o vento convencido de que os poros deixam passar flashes, uns bons, outros nem tanto, sobre os quais neste momento não impõe qualquer controle.

Começa recapitulando que sempre soube da importância de deixar filhos e cônjuge bem longe do *front*, sob pena de virarem alvos fáceis e amolecerem o mais empedernido dos combatentes. Mesmo tomando esse cuidado, porém, sofreu dois ataques.

A primeira jogada foi fácil neutralizar: diante da crítica de que o filho passara a ocupar um posto que lhe rendia o triplo do salário, lembrou que a decisão de torná-lo assessor fora tomada pelo novo presidente da empresa mista, que tinha o direito legal de formar sua equipe como melhor lhe aprouvesse. Aproveitou a força de quem acaba de iniciar mandato e o amplo apoio então oferecido pela mídia para dizer que o assunto estava encerrado. Não é que a frase foi recebida como ordem e todo mundo silenciou?

Agora a situação é totalmente diferente, pois a agressão veio da mesma trincheira e insultou a esposa com ofensas baixas, baseadas em supostos quilinhos a mais. Os desqualificados conseguiram fazer o constrangimento adentrar o lar, onde, se alguns cuidados não forem tomados, poderá interferir na própria vida amorosa.

Como nem tudo que vem pelo ar presta, recorda um pito recebido da mulher ainda durante as eleições, quando, falastrão que é, repetiu em sua presença, para um jornalista encarregado de escrever um perfil do candidato a vice para uma conhecida revista, a velha anedota de que, ao passar dos sessenta anos, o homem tem, entre as três regras sagradas, nunca desperdiçar uma ereção. Que diabo a lembrança vem fazer na mente neste momento?

No presente, que o governo já soma dezessete meses de oscilações e vacilos, os meios de comunicação descontentes com a distribuição da verba publicitária federal usam o incidente para suscitar ideias de discórdia no pico da pirâmide. Os políticos de oposição, renascidos na aba da crise de diferentes faces que chacoalha o país, fingem denunciar a gordofobia das injúrias, quando seu verdadeiro objetivo é usar a intriga registrada nas redes sociais como prova de que a perfídia é a bússola da relação entre os palácios.

Acredita que em determinadas situações o cérebro funciona melhor se a preocupação é substituída pela leveza. Rememora o prazer com que leu os comentários lisonjeiros que desencadearam a confusão, feitos por muitos seguidores da esposa no Instagram, que simplesmente imprimiram a merecida visibilidade ao desejo, partilhado por um crescente porcentual de compatriotas, de vê-lo no topo.

Não é que pensar coisa boa ajuda a enxergar saída? Pronto, já sabe o que fazer. Dirá à esposa que não há motivo nenhum para se recriminar pelo ocorrido, pois o único culpado é ele, que força os dois a viverem em campo minado. Ele, sim, deveria ter feito acompanhar o entusiasmo diante daquela chuva de elogios com o alerta enfático para que ela não curtisse os posts.

Mas o melhor de tudo é a conclusão, a que somente um passeio de bicicleta pode levar, de que os sinais de joinha feitos por ela acabam por fortalecê-lo. Como política é o mais movediço dos xadrezes, os apoiadores os viram como sinal de que o casal está pronto e, quanto àqueles que odeiam a ideia da substituição, não têm como acusá-lo de haver tomado parte diretamente nas postagens.

O próprio paranoico atribuiu a iniciativa à falta de preparo do gênero feminino. Hoje cedo, ligou vociferando, mas, em vez de acusá-lo diretamente de conspiração, transmitiu o que chamou de instruções para controlar a cara-metade.

Dá uma olhadinha para trás e, ao confirmar que os seguranças continuam a uma certa distância, deixa a vergonha se espalhar face afora. Odeia ter engolido a vontade de dizer o que acha do desempenho do tal, a quem pediu desculpas pela trapalhada e alegou que a esposa é tão ingênua politicamente que acreditou que o uso do polegar seria visto apenas como gesto de gentileza.

Ao chegar em casa, escreverá umas frases de fidelidade ao chefe, tendo o cuidado de criar uma versão para o Instagram da esposa e outra para seu próprio Twitter. Em seguida, tomará um belo banho, vestirá o terno mais alinhado e passará o resto do dia intercalando compromissos com olhadinhas rápidas no celular, para fruir os efeitos das duas mensagens sobre admiradores e adversários.

FÍSICA FAMILIAR

Embalado pelos toques no cabelo, sente os olhos arderem e precisa se esforçar para não adormecer. Quem chegou além do previsto pode perfeitamente se permitir rápidos períodos de relaxamento. Ainda mais quando o porvir se mostra tão promissor. Agora, cochilar na cadeira do barbeiro, não, que gagá não tem gogó.

Foi informado que a imprensa se espalha em diferentes pontos da rua, na expectativa de que comente a mais recente baboseira da família presidencial. Sim, após a sessão de beleza irá ao encontro dos jornalistas, fotógrafos e cinegrafistas, que, cansados de serem tratados na base do coice, o enxergam como cordial, gentil, democrata — e fazem um bem imenso à sua imagem.

Vários chegam a cochichar que torcem para vê-lo trocar logo de palácio. Finge não ouvir, mas o rosto certamente o trai, afinal o próprio posto faz de cada vice um alpinista. Em seu caso, não se pode falar sequer em conspiração, pois — é bom que se repita — a hipótese brotou do povo, ainda durante as eleições. E, com o acúmulo de desastres e descalabros em torno do titular, a mudança ganha cada vez mais aspecto de precisão imperiosa.

Seja por lerem seus sentimentos, seja por desejarem equilíbrio e sensatez da parte de quem exerce o poder máximo, muitos blogs, rádios, jornais e programas de tevê interpretam cada movimento seu como preparativo. A passada na barbearia, o cooper sem camisa, até a ida à missa em companhia da esposa é vista como apresto para a incumbência mais importante que a vida lhe reservou.

Fecha inteiramente os olhos, mas agora sem receio de dormitar, pois o cérebro plugou na busca de um comentário que a mídia estampe como resposta apropriada ao mais recente ataque ao maior parceiro comercial do país. Não tem simpatia nenhuma pelos países que insistem em permanecer vermelhos, mas, além de a China cultivar um comunismo apenas de fachada, se tornou fundamental ao PIB do Brasil.

Fosse na caserna, faria uso da patente para dar uns bons gritos na cara do inábil. Caso a frase infeliz tivesse sido proferida por alguém da oposição, seria muito fácil desancá-lo e ainda faturar politicamente. Só que a bomba foi jogada por um dos pimpolhos do tal. Talvez seja a primeira vez na história da humanidade que um vice precisa desempenhar papel de tiozão.

A inusitada tarefa se deve ao fato de o presidente rosnar para o mundo todo, ultimamente até com gestos, como aquele, grosso que só, feito a partir do uso dos dois braços, que formam ângulo reto, cabendo ao direito se pronunciar para cima, até terminar no punho fechado. Não bastasse chocar uma vez, a banana se repetiu, sempre dirigida a quem mais poderia propagá-la: a mídia, tratada burramente como inimiga. Só que o alardeado arrojo entra em franco desacordo com o tratamento dispensado à prole, frente à qual o desequilibrado só mia.

É possível que, como talhou os marmanjos à sua própria semelhança, se realize a cada agressão proferida por um deles. Mostra disso é chamar o mais alucinado de "meu pitbull". Francamente. Se continuar assim, não somente cairá como levará consigo quem mais estiver próximo — conforme percebem claramente ministros de diferentes pastas, que torcem por uma redução urgente na animosidade.

À pergunta do barbeiro se quer fazer também as sobrancelhas, solta um hum-hum resolvido, pois chegou apenas à primeira decisão: da próxima vez em que estiver com o chefe, tocará novamente no paradoxo de se ser, a um só tempo, fera e flor. Quem sabe consiga convencê-lo a lapidar as duas faces? Dirá que ambas são preciosas, mas funcionam melhor quando podadas.

Para que a conversa não desande, dará uma grande volta. Começará lembrando o princípio da impenetrabilidade, segundo o qual dois corpos não ocupam o mesmo lugar no espaço ao mesmo tempo. Usará palavras simples para explicar o conceito, sob pena de não se fazer entender. E acrescentará que foi desenvolvido pela física, mas se aplica principalmente à política.

Mesmo um tipo flácido como Mário Covas, por exemplo, que sempre quis se associar ao pacifismo para se contrapor ao regime militar, enxergava o terreno em que atuava como campo de batalha. Durante um debate de candidatos à Presidência da República realizado em 1989, chocou muita alma delicada ao dizer que pautava seu comportamento pelo objetivo maior de destruir os adversários, afinal a ideia de vitória implicava que apenas um podia ficar de pé.

Hoje em dia, então, que a falta de uma grande guerra que desopile a humanidade é compensada pelo esticamento da corda em todas as latitudes, os discursos políticos se fazem basicamente de lâmina, bala e granada. Em cenário tão adverso, quase todos os homens públicos têm mantido os familiares escondidos em bunker mais fortificado que aqueles da Albânia comunista.

A única exceção se registra no Brasil, cujo poder máximo tem como imagem principal quatro caras fortes, exitosos e usuários do meio mais eficaz de mandar: arma de fogo. Se a obsessão de todo derrotado é fazer o vencedor explodir, os opositores veem o muro formado pelo quarteto como verdadeira afronta. Não por acaso, o associam a clã, que faz pensar em máfia e outras organizações nada republicanas.

Sabe que precisa usar de muito tato e iluminar a situação com meras alusões, de modo a evitar que o patriarca se agaste, como acontece sempre que ouve comentários desabonadores aos filhos. Para contornar o melindre e reforçar o orgulho do limitado, dirá que, justamente por serem a própria imagem do sucesso, os três se arriscam a um bombardeio crescente. A única maneira de o trio se poupar das investidas e, ao mesmo tempo, oferecer sua fundamental contribuição, é reduzir a exposição e atuar sobretudo nos bastidores.

Satisfeito de haver esboçado o roteiro da difícil conversa que lhe cabe entabular — afinal, vice é quem tem mais legitimidade para tocar em assuntos potencialmente explosivos —, ri por dentro ao constatar, mais uma vez, que os neurônios são capazes de articulações engraçadas. Como se por acaso, o termo "banana" volta a pipocar no cérebro, mas agora cheio de promessas: lembra o tratamento que o tal dispensa à imprensa, entretanto se impõe igualmente como adjetivo aplicável à maneira como exerce a paternidade. O melhor, porém, é despertar a vontade de ser usado no diminutivo, em substituição ao sobrenome do infante que acabou de fazer peraltice, que mantém a consoante inicial, mas passa a Bananinha.

Contém a vontade de gritar eureca, mas sorri desde a boca até os olhos, os quais, consoante a origem indígena, abrem pouco, porém é o que basta para deixarem passar uma luz intensamente ferina. Em vez de apelar para esporro, surpreenderá os compatriotas com uma anedota, o que lhe agregará uma benéfica pitada de bonacheirice — em prenúncio do que será sua gestão.

O mais incrível é que o diminutivo faz eco à fama de o moço viver armado para se fazer de bravo, todavia, segundo a cortante língua de uma ex-namorada, expõe o revólver até em programa de televisão como tentativa baldada de compensar a insignificância íntima. A linguagem humana realmente é uma maravilha. A imprensa que o diga.

EM PLENA PANDEMIA

Não saberia dizer de onde vem a espontaneidade com que se manifesta sobre qualquer assunto, mas gosta de pensá-la como compensação pelo fato de ter nascido, crescido e amadurecido em ambiente militar. Parece paradoxal, mas ainda criança viu a diferença entre as imagens pública e privada do pai como prova de que a mesma voz que dá a mais metálica das ordens — a de prisão — pode se papagaiar até tirar o máximo de uma piada.

Ao ingressar na escola de formação de oficiais, ria dos colegas que, oriundos de lares civis, falavam dos superiores como se a alta patente passasse as 24 horas do dia entretelada. Sua reação mais frequente a cerimônia e reverência era soltar indiscrição sobre graúdos que frequentavam sua casa ou eram citados com familiaridade pelo genitor. Arrotos, flatos, chifres — longa era a lista de ingredientes a apimentar as histórias envolvendo o oficialato.

Igual liberdade cultiva em relação àquilo que muita gente pensa, mas não ousa expressar. Diante do que viu como clamor popular para que as Forças Armadas colocassem ordem no país, por exemplo, disse palavras tão contundentes que, mesmo sendo general de longa data, alguns anos atrás chegou a ser afastado do cargo que ocupava. Mas tampouco esse tipo de arroubo é motivo de arrependimento, pois assim se firmou como líder com força suficiente para dirigir o Clube Militar tão logo saiu da ativa e, em seguida, foi convidado a se apresentar como candidato à vice-presidência da República — regime proclamado por Deodoro, não por acaso, primeiro presidente tanto da entidade quanto do país.

Passada a eleição, preservou o humor, mas substituiu as frases fortes por tiradas de apreço pela democracia, interlocução com quase todo o espectro político e comedimento ao se expressar sobre as eventuais reações do Exército, da Marinha e da Aeronáutica, caso as Forças Armadas sejam provocadas. Adotou o novo comportamento até para se firmar como alternativa ao tal, que confunde governar com guerrear.

Só que nem sempre é possível conter o desagrado diante de seu destrambelho. Como dissimular o pensamento, por exemplo, de que a reunião ministerial de que participa agora poderia ser maquiavélica e até malvada — como todo grande conclave —, entretanto carece totalmente de estilo e, na verdade, não passa de um tremendo barraco?

Tudo o que disse irrefletidamente ao longo da vida nem sequer chega aos pés do ataque atual do titular, que pode ter alguma razão quanto ao fechamento do cerco em torno dos problemáticos filhos, mas, em vez de propor um plano de reversão do quadro, lança chulices contra vários adversários. O mais desastroso é encerrar o raciocínio com a pretensa chave de ouro de que os inimigos querem "nossa hemorroida".

Por pouco não grita algo como: "Alto lá, chefe, que o fiofó na fita é só o seu." Porém, mesmo que quisesse se posicionar não conseguiria, pois os ministros veem o sofrimento destemperado do presidente como oportunidade de ganhar uns pontinhos de prestígio, então se atropelam para provar que conseguem ir ainda mais longe na vulgaridade.

Fecha de leve os pequenos olhos e observa sutilmente os outros generais presentes, que devem estar achando uma graça um bando de civis almofadinhas se arvorarem em beligerantes. Por pouco não cai na gargalhada no momento em que o professorzinho de cavanhaque ridículo e currículo medíocre, responsável pela pasta da Educação — na qual se mantém sobretudo devido à capacidade de chaleirar o tal —, simplesmente chama os integrantes do Supremo Tribunal Federal de filhos da puta e diz que, em sua opinião, deveriam estar presos.

O vice se diverte igualmente com o diálogo entre a pastora da Mulher, da Família e dos Direitos Humanos e o banqueiro da Economia, que rebate as críticas à ideia de se autorizar a abertura de cassinos sugerindo que a colega não se preocupe com os praticantes de jogos de azar, que têm mais é que se danar. Ao ver o representante do capital repetir: "Eles que se fodam" com mais ênfase ainda, conclui que a sede de poder leva os evangélicos a toparem qualquer parada, inclusive engolir o falso moralismo. Também se pergunta se o salão, associado à ideia de alto nível, já terá abrigado reunião tão desprovida de nobreza.

Sente que o melhor a fazer é permanecer calado, apenas se divertindo com a cascata de extravagâncias. Só que, mesmo dissimulando ao máximo o que acha do show, vê-se transformado repentinamente em alvo pelo tal, de quem ouve um "desculpa aí" dos mais broncos, seguido de referência àquele que primeiro convidou para ser seu vice. Pasma de ouvir o confuso capitão tratar com deferência o sujeito somente porque, apesar de ter dito não, neste momento difícil lhe demonstra fidelidade.

Mesmo que o país inteiro saiba que só constou da chapa como vice devido às negativas dos convidados civis, encara a recordação, nas atuais circunstâncias, como ferroada. Tem vontade de dizer que o presidente não perde por esperar. Mas no presente só lhe resta engolir a humilhação, então faz um gesto de que está tudo bem.

Percebe que seu embaraço só não é maior do que o incômodo do juiz da Justiça, que, além de ficar calado diante das indiretas ameaçadoras do tal — que insinua a disposição de exonerá-lo caso os filhos continuem encrencados —, alega outro compromisso para sair mais cedo da reunião. O vice não sabe ao certo o que a partida repentina do manhoso significa, mas algo lhe diz que as asneiras e ofensas soltadas a rodo durante esta esdrúxula sessão terão consequências ruins para o titular e boas para si.

O TELHADO DA CASERNA

Concorda com a ideia, comumente difundida, de que a existência de funcionário público é um tédio só. Mesmo entre os armados, apenas os integrantes do baixo escalão correm riscos de verdade. Os demais, além de blindados, seguem uma trajetória planejada milimetricamente, durante a qual são amparados por uma estrutura das mais aparelhadas.

Em seu caso, que contou ainda com a orientação, o apoio e o pedigree do pai, nem a feitura de cursos de guerra na selva e paraquedismo durante a formação reduziu o sentimento de vida ganha. Assim talvez se explique que, ao perceber a proximidade da aposentadoria, passou a dedicar sessões inteiras de esteira ergométrica à análise da própria imagem no espelho da academia que mantém em casa.

Avistava sempre um sessentão disposto e completamente encharcado de suor. Enfiar toda aquela solidez num pijama seria uma ofensa ao bom senso. Aos poucos, a iminência da reforma (por tempo de serviço, é bom que se diga!) foi perdendo a associação com declínio e ocaso, para se transformar em desafio à superação da riquíssima biografia do genitor — que, caso fosse vivo, ficaria muito orgulhoso de ver o filho querendo levar ainda mais longe o nome da família.

Ao final da corrida durante a qual resolveu enfrentar riscos de que sempre fora poupado, seguiu para o banheiro cantarolando o Hino da Independência, do qual repetiu, com ênfase especialmente juvenil, os versos: "Ou ficar a pátria livre / Ou morrer pelo Brasil." A decisão recém-tomada o deslocava automaticamente do circuito restrito e protegido da caserna para o *front* mais amplo e perigoso que poderia existir.

Desde então, passou a dedicar cada vez mais tempo às articulações e falas contra o inimigo histórico de todo militar que se preza: os partidários das diferentes formas de socialismo. Em pouco tempo, começou a se sentir mais à vontade de terno do que de uniforme, afinal o paletó e a gravata não somente negavam o pijama como atestavam sua passagem à condição de candidato a personagem histórico.

Desde o início, tratou o enfrentamento político como a guerra que nunca vivenciou, mas para a qual passara décadas se preparando. Usou tudo o que conhecia de estratégia para surfar na onda de hostilidade ao governo de esquerda então instalado, do qual soube se construir como antípoda e, assim, ser catapultado até o centro dos acontecimentos.

Aliás, o fato de não ter sido o primeiro nome cogitado para vice pode ser visto como prova de que em pouco tempo ganhara muito mais relevância do que o previsto. Foi o que um general da velha guarda lhe soprou ao ouvido, minutos antes de uma competição de saltos de que tomou parte no Centro Hípico do Exército, na véspera do segundo turno.

Segundo o colega, nenhum daqueles que declinaram do convite reúne tantas condições para substituir o tal, que, desconfiado por natureza, conhecedor da frequência com que presidente brasileiro cai e ciente de que capitão não consegue contra-atacar general, só o convidou por absoluta falta de alternativa. De fato, sua condição de morador do Palácio do Jaburu é, por si só, uma fonte constante de desestabilização.

Diante da crise contínua em que o governo vive nas frentes interna e externa, boa parte da direita pensa que sua passagem ao primeiro posto pela via do impeachment ainda é a solução menos traumática. Mesmo à esquerda há quem veja sua capacidade de contemporizar — virtude de que nem sequer se achava capaz — com simpatia suficiente para levar alguns líderes a torcerem para que o leme passe às suas mãos.

Diverte-se ao lembrar o esperneio dos filhos do titular a cada vez que cresce para cima do trono. Mas riu de verdade ao ver a ascensão se mostrar mais fácil por obra do ministro da Justiça, que havia permanecido calado e saído de fininho da estrepitosa reunião. Assim, além de não se comprometer com o conteúdo, tampouco com o encaminhamento da conversa, pôde partir para a briga pública com o ex-chefe, em inauguração de voo solo como candidato para as próximas eleições presidenciais.

O vice admite que o ex-juiz é um finório de marca maior: não é que conseguiu, mediante o uso de estratagemas jurídicos, que o vídeo da sessão fosse veiculado pelos canais de tevê e pela internet? Caramba, que estrago! Mesmo que muita gente use palavrão, faz parte da hipocrisia humana discordar de as altas esferas se comunicarem por meio de obscenidades, principalmente em situações ditas oficiais.

Nas reuniões de emergência para se avaliarem as consequências da divulgação das falas e imagens, minimizou os possíveis efeitos. Por dentro, porém, comemorava o laconismo polido dos generais, a falta de compostura de vários civis e a certeza de que o linguajar grotesco reduziria imediata e drasticamente o apoio que o tal recebia dos conservadores.

Em certa saída da missa, chegou a cochichar ao ouvido da esposa que, na opinião de interlocutores de confiança, o calculista de Curitiba só conseguiria tirar partido da nova erupção durante a campanha eleitoral. Por enquanto, o beneficiário seria ele, o vice, mais pronto que nunca para assumir o cimo da hierarquia. Como resposta, recebeu um sorriso brejeiro e um aperto de mão nervoso. A anuência da consorte era do que precisava para se sentir o mais privilegiado dos brasileiros.

Todo o problema é que as ondas do tsunami que atinge o governo se sucedem a uma velocidade estonteante e em volume tamanho que rapidamente a possibilidade de impeachment se transformou em ameaça de a chapa inteira ser cassada. Afinal, pergunta a oposição, como explicar que os generais, a começar pelo vice, não tenham feito nada para impedir que uma reunião ministerial que em qualquer nação minimamente séria se concentraria no enfrentamento da Covid-19 tenha se limitado a discutir as hemorroidas familiares do presidente?

A desastrosa reunião reforçou a suspeita sobre outros planos caros ao vice, como o povoamento da Amazônia. Ao propor que se aproveitasse a concentração da mídia na pandemia para colocar abaixo uma série de leis, o ministro do Meio Ambiente chocou o mundo. Isso significa que qualquer movimento que se faça para realizar um sonho acalentado já pelo saudoso general Golbery do Couto e Silva será visto com desconfiança e despertará reações tremendas.

Agora, o que dói de verdade é a acusação de que os generais silenciaram por estarem de rabo preso, na medida em que o governo se mostra boquinha para militares da reserva, que já somam milhares, distribuídos por diferentes ministérios. A infâmia se mostra especialmente torturante na entrevista coletiva em que o vice se encontra agora, ao ser colocada em palavras por uma jornalista linda e de voz macia a quem nos últimos tempos chegara a passar uma ou outra informação confidencial.

Pela primeira vez, cogita de mandar a mídia à merda. Tem vontade de socar a mesa e chamar os jornalistas de serpentes. Imagina-se dizendo de seu imenso desprezo por civis como eles, formados em universidades infestadas de professores comunistas, com os quais aprenderam a ser craques na escrita escorregadia e na edição mentirosa. Mas acaba concluindo que, se conseguiu se mostrar cortês até agora, melhor adiar a explosão para quando já estiver lá. Por enquanto, sorri e explica humildemente que os militares se deixam usar como bombril não por interesse, e sim por altruísmo, ou, se permitirem a menção a um sentimento cada vez mais raro, por amor à pátria.

ARTILHARIA VOCABULAR

Aos dez anos, viu o prestígio do pai — que já era grande — disparar repentinamente. A alta patente e o bom soldo se somaram à velha camaradagem com colegas aos quais, de uma hora para outra, couberam as decisões verdadeiramente importantes sobre o destino do país. Entre eles, o presidente Emílio Garrastazu Médici, que, gaúcho nascido na mesma cidade que sua mãe, na fronteira com o Uruguai, era amigo próximo da família e, em certa visita à sua casa, ficou impressionadíssimo de o guri saber o significado de cada medalha do genitor.

Existirá atmosfera mais propícia ao nascimento da vocação para as armas? O vice achou o colégio militar uma simples extensão do lar e, tão logo chegou à idade de alistamento, mergulhou com entusiasmo na carreira. No meio século que então se passou, jamais se arrependeu; afinal, além de subir sem percalços, colecionou uma infinitude de alegrias. É o que pode dizer, entre outras coisas, do tratamento afável recebido de João Batista Figueiredo e Carlos Alberto Brilhante Ustra.

Claro, a deferência de que era objeto se devia a seus próprios méritos, mas também à filiação, afinal seu pai era tão bem-visto entre os pares que, até o fim dos dias, desfrutou do respeito dos altos poderes. Hoje, que a turbulência volta a ameaçar o Brasil com a força de uma tempestade, o vice se tranca no escritório e, depois da costumeira saudação reverente aos retratos, sussurra um agradecimento pela benção de pertencer à casa-grande militar. Graças à condição de filho de general pôde conhecer tão bem as Forças Armadas que, no momento certo, soube encarnar os anseios de reconquista do comando do país.

A atitude que lhe cabe tomar agora requer muita determinação e firmeza, portanto demora mais que de costume na admiração dos ídolos, que, de tão próximos e afetuosos, sempre lhe pareceram duplos do pai. Aliás, viu nessa superposição de imagens um dos sinais mais evidentes de que a melhor forma de lhes fazer jus era reeditando a História. Se sempre procurou lhes reproduzir o brio, percebe que chegou a hora de parar de bancar o bonzinho e partir para cima dos atuais inimigos.

Sim, porque os desprezíveis agem como baratas: mal a temperatura lhes parece um pouco favorável, brotam dos bueiros aos bandos e se portam como se fossem o futuro. Ladinos, desvirtuam os fatos com imensa facilidade e, autoproclamando-se democratas, assomam às avenidas e praças com gritos ferinos, entre os quais muitos ofensivos aos insignes timoneiros da Revolução de 64.

Metidos a civilizados, tinham reagido à chegada do coronavírus escondendo-se em casa. Durante algumas semanas, anarquizaram apenas pela internet e por meio dessa forma ridícula de protesto que é bater panela. Como o grande alvo era o titular, o vice chegou a encarar tais ofensivas com alguma simpatia, afinal poderiam facilitar sua passagem ao almejado e merecido lugar. No entanto, o tal governa como se andasse de montanha-russa, portanto os reveses são tão violentos que, como se diz e reitera nos corredores palacianos, acabam atingindo qualquer um que esteja à sua volta.

Contrariamente ao que o vice supunha, o falatório em torno da fatídica reunião ministerial não o ajudou. Em vez de isolar ainda mais o cabeça, colocou em risco a chapa como um todo. O pronunciamento do titular da Educação, em especial, foi reproduzido até cansar, quase sempre apontado como parte de uma orquestração que incluía desde as besteiras dos filhos do presidente até as danças e os gritos que um bando de malucos andava fazendo na frente do Supremo Tribunal Federal.

Os arruaceiros da esquerda perceberam que, por mais que quisessem se esconder do vírus, o momento era por demais propício ao ataque, para se limitarem às redes sociais. Além dos vários motivos oferecidos pela reunião ministerial mais escatológica de que já se teve notícia, podiam faturar em cima das passeatas antirracistas dos Estados Unidos. Estimulados pelos líderes oportunistas de sempre, colocaram máscara preta no rosto e, em dois segundos, transformaram o território nacional em palco de manifestações barulhentas que, se não forem sufocadas no nascedouro, poderão repetir 2013 — só que agora contra a direita.

Outra trincheira a se inflamar foi a dos ministros do Tribunal Superior Eleitoral. Cagões como costumam ser os janotas, vinham fazendo corpo mole diante das ações contra a chapa; mas, corporativos como todos os integrantes de casta, só esperavam uma desculpa para colocar o processo de cassação para andar e, assim, manifestar solidariedade aos coleguinhas da dita Suprema Corte. Se não encontrarem resistência, serão capazes de levar a ação mais longe do que deveriam.

O vice se senta à escrivaninha como se arriasse, mas não por falta de energia, e sim devido ao desgaste de não poder desatar o nó de uma vez. Claro que o ideal seria convencer o tal a renunciar, até para ter tempo de se ocupar dos muitos problemas que se abatem sobre os filhos, a esposa e sua própria pessoa. Acontecesse o milagre, o novo empossado daria continuidade ao mandato em paz, evidentemente com a garantia de que protegeria o abdicante. Em vez disso, a realidade desandou mais uma vez e, agora, só lhe resta usar sua reserva moral para proteger o lado de cá em bloco.

A pedido de um jornal tradicional que adoraria vê-lo assumir a Presidência, escreverá um artigo que inevitavelmente soará como uma declaração de guerra contra vários setores. Enquanto espera o Word abrir, volta a mirar os quadros dos heróis, de quem relembra pronunciamentos marcantes com os quais mantiveram o regime por mais de duas décadas. Sorri levemente, pois sente a inspiração baixar: chega à mente um roteiro de argumentação que sempre funcionou junto ao amplo contingente que se assume como sendo de direita.

Principia o texto lançando suspeita sobre os verdadeiros líderes dos baderneiros, que se mantêm astutamente ocultos e, graças ao apoio dos extremistas internacionais a que se vinculam, espalham estatísticas seletivas, semeiam a discórdia e disseminam ideias peçonhentas. Sabe que não pode acusá-los diretamente da pegajosa mácula da corrupção, mas insere a palavra em meio a outros substantivos, o que basta para o leitor entender a alusão ao verdadeiro motivo da recente derrocada da esquerda e, claro, desautorizá-los.

Os oportunistas estimulam a polarização — quando o país precisa se unir! — para induzir um bando de jovens delinquentes a correr às ruas, praças e avenidas, onde, mascarados não devido ao vírus, e sim para não serem identificados, investem contra o patrimônio privado e público. Vândalos, eis o que são! Portanto, deveriam ser arrastados para a cadeia e permanecer entre barras até pagar inteiramente pelos seus crimes.

Sente o corpo suar. Nunca entendeu que a atividade cerebral pareça mais penosa que a física. Mas, se preferiria mil vezes, naquele momento, estar cavalgando, andando de bicicleta, correndo na esteira ou mesmo levantando ferro, experimenta uma alegria rara diante das primeiras frases digitadas. Ergue um pouco a vista e lança um olhar orgulhoso para os ídolos, certo de que se sentem representados.

Retoma a escrita, agora para sublinhar as possíveis consequências da agitação em curso, entre as quais um caos difícil de ser contido e um estrago institucional capaz de ameaçar a segurança. Não acrescenta o adjetivo "nacional" para evitar associações contraproducentes com a conhecida lei, que acha maravilhosa, mas infelizmente foi tão vilipendiada que passou a se vincular a autoritarismo. Na verdade, um dos grandes desafios com que se depara agora é deixar subentendido, sem abrir flancos na argumentação, que as Forças Armadas se encontram em estado de alerta.

Como o momento realmente é delicado, lastima colocar em risco a boa relação com a imprensa, mas não tem escolha senão acusá-la de encher a bola daqueles que o tempo não permite serem chamados pelo verdadeiro nome: subversivos. Tampouco pode se furtar a manifestar desacordo em relação aos atuais excessos do STF, cujos integrantes lhe são majoritariamente simpáticos. Tranquiliza-se ao pensar que, nos próximos encontros com jornalistas e juristas, achará a maneira adequada de dizer que foi forçado a criticar as duas instituições, contra as quais, no entanto, não tem nada.

Para rematar, oferece como prova principal da injustiça das bandeiras levantadas pelos desordeiros a própria tolerância das Forças Armadas: comprometidas até a alma com a democracia, permanecem quietas. Tanto assim que no governo há apenas militares da reserva, que, como quaisquer cidadãos, têm todo o direito de trabalhar onde bem entenderem. Já os da ativa se limitam a servir ao Estado.

Eleva um pouco a cabeça e solta um sorriso cúmplice para os predecessores, certo de que aplaudiriam de pé sua habilidade em verbalizar os princípios e valores partilhados pelas duas gerações. Está empapado de suor, com o corpo exaurido, mas, por uma dessas magias que fazem o espírito circular pelas diferentes idades vividas, volta a se sentir um garoto. Envia o arquivo para o jornalista que lhe presta serviços de copidesque e levanta para pegar um uísque, já antevendo o prazer de saber que o texto logo será publicado.

DEBACLE

Desde criança, acorda antes do nascer do sol. Assim, tem tempo de sobra para preparar o necessário ao enfrentamento da jornada e, claro, não dá margem alguma a que o chamem de molenga. Hoje, porém, o fato de os olhos se abrirem automaticamente não se transforma em ânimo para descer da cama. Na verdade, se pudesse, passaria o dia alongado. Sente o corpo pesar, como se os músculos tivessem virado gordura, e diz para si que, a despeito da nobreza genealógica, não passa de um bugre atarracado — como costuma repetir o tal, com sua necessidade incurável de humilhar qualquer um que se coloque à sua frente.

Lembra aborrecido das críticas ouvidas na véspera do primeiro turno das eleições, apenas por dizer que o neto era bonito graças ao branqueamento da raça. Atacado à direita, à esquerda e ao centro, precisou se retratar correndo para não causar estragos à chapa. Hoje, possivelmente mandaria todo mundo pastar, pois o grande objetivo que então perseguia, e que o fez fingir delicadeza e urbanidade até poucos dias atrás, se mostrou inalcançável.

Não compreende que, depois de toda a preparação recebida, tenha se equivocado quanto aos movimentos das massas e à repercussão de seus próprios posicionamentos. O pior é que não pode acusar ninguém, a não ser a si mesmo, pelo aborto do sonho de sua geração, encarnada pelos militares que cresceram nostálgicos do regime instalado em 64 e viram a reserva como propiciadora da soltura institucional de que precisavam para reinaugurá-lo.

Sabia que o artigo voltaria a estampar sua severidade, mas não imaginava que a reação fosse tão adversa. Facebook, Instagram e Twitter, mas também blogs, sites e telejornais, todos os canais rebateram seus posicionamentos, e com tamanha veemência que o deixaram tonto. Era como se, de repente, trocasse a confortável posição de pugilista favorito pela miserável situação de boxeador nocauteado.

Em tentativa de abrandar o veredicto, um jornalista que antes o apoiava publicamente acabou piorando o quadro: comparou-o a Mike Tyson, que, de força capaz de derrubar o adversário em segundos, passara, para perplexidade e tristeza de todos os fãs, a mero mordedor de orelha. "Mas ao menos permanece de pé", concluiu o desalentado simpatizante, em esforço puramente retórico de manter alguma esperança.

Entre os políticos profissionais, houve quem voltasse a chamá-lo de elitista, já que durante a campanha sugerira que a Constituição fosse reescrita por um grupo de notáveis. Estivesse em condições de ser ouvido, tentaria convencer esse segmento de que seu intuito não era desmerecer a Câmara e o Senado, mas tão somente expurgar a Carta Magna dos penduricalhos plantados pela esquerda na segunda metade da década de oitenta, quando o populismo reinante universalizou direitos sem levar em conta o mérito.

As centrais sindicais, claro, recordaram sua opinião favorável ao fim do 13º salário para repisar a acusação de que, além de não terem feito nada para impedir a Reforma da Previdência dos civis, os militares se valeram do temor que despertam por disporem de armas — financiadas com dinheiro do povo! — para assegurar aposentadoria integral para si mesmos. Segundo os sindicatos, o capitalismo explícito de generais como o vice tornava os fardados que haviam retornado ao poder piores do que os colegas dos tempos daquilo que enchem a boca para chamar de regime de exceção.

Do centro para a direita, uma das principais cogitações era de ter avacalhado a hierarquia ao se prestar a bucha de um reles capitão, ainda por cima com uma passagem desonrosa pelas Forças Armadas. Em outras condições, acharia uma maneira discreta de dizer a esse pessoal que havia assumido o risco de passar por capacho no próprio dia em que aceitara constar como vice da chapa, mas que, como todos podiam deduzir, fazia isso em prol de um projeto imensamente maior do que seus atuais implementadores.

Mas a barafunda impediu qualquer interlocução, então resolveu permanecer calado, a receber estoicamente os diferentes ataques e esperar a poeira passar. Só não soube o que fazer com o epíteto de anacrônico, com o qual os universitários bombardeavam suas pretensões e diziam que há muito deveria usar pijama e andar de bengala, quiçá de cadeira de rodas.

Sabia que não podia esperar nada de bom dos imberbes, que, como são uns fracotes, deveriam ser ignorados. O problema foi a avalanche de memes associados ao vocábulo, que, por ser pouco conhecido, se mostrou ainda mais ferino. Numa das postagens mais ultrajantes, chegou a aparecer de fralda geriátrica.

— Vou provar a esses bandidinhos que meu corpo permanece rijo e minha mente fervilha de planos para o país — jurou em certa conversa imaginária com sua ilustre galeria.

Ao perceber que o barulho se reduzia, tentou retomar contato com os jornalistas e os membros do Judiciário. Mas então se deu conta de que, diferentemente do que supusera, não lhe dariam espaço algum de explicação. Ao contrário: converteram a simpatia que se tem por alternativa em certeza de que o vice era parte do problema, portanto deveria ser completamente esvaziado de sua antiga importância.

Na verdade, o texto fora visto como espécie de carapuça involuntária que o autor criara para si mesmo. É como se, em passo canhestro, tivesse esticado a pecha de fascista — por muito tempo limitada à Presidência — para a Vice-Presidência. Uma das provas de que a interpretação era amplamente partilhada foi o fato de os bagunceiros se sentirem tão triunfantes que se permitiram parar de ir às ruas e, desde então, usam o confinamento como submarino de onde lançam mísseis cada vez mais certeiros.

Como bom católico, o vice não é dado a superstições. No entanto, passou a suspeitar das vésperas. Se no dia anterior ao primeiro turno das eleições precisou engolir a língua para não passar por racista, na jornada que antecedeu o segundo turno caiu literalmente do cavalo. Sim, participava garbosamente de uma competição de saltos na Hípica do Exército e, de repente, despencou, chegando a ralar um pouco o cotovelo e o tornozelo.

O pior é que, entre competidores e observadores, era a pessoa mais importante do evento. Por mais que a plateia incluísse vários generais, nenhum deles estava prestes a se tornar o segundo homem mais importante do país, conforme indicavam todas as pesquisas. Em certas ocasiões, a estampa se mostra proporcional à vergonha: se pudesse, desapareceria sem deixar vestígios.

Mas precisava se recompor e voltar para perto de quem desejara seu sucesso como se torcesse pela nação. No deslocamento envergonhado para devolver o traiçoeiro equino ao tratador, fechou os olhos e respirou fundo algumas vezes, em tentativa de se imbuir da fidalguice dos personagens cujos quadros nobilitam seu escritório. Também recordou os conselhos paternos para situações de derrota — que podem sempre ser passageiras ou mesmo aparentes.

Limpou a sujeira do corpo, trocou a camisa e recebeu de bom grado uma cerveja que um cabo lhe apresentou, acompanhada da sugestão respeitosamente camarada de que só passasse ao destilado depois de matar a sede que marca o outubro carioca. Deu dois goles demorados e segurou a lata com firmeza na mão direita, em busca de força para demonstrar a velha naturalidade à gente amiga, formada majoritariamente por integrantes da grande família militar.

O diabo é que a acolhida foi tão calorosa que pareceu piedade, o que aumentou o constrangimento. Diante das manifestações de pesar pelo incidente e preocupação com o que lhe teria acontecido, respondeu que estava bem. Em tentativa de demonstrar superação, chegou a enaltecer a formação de paraquedista, ao dizer que a habilidade adquirida lhe fora providencial. Só que precisou de quatro doses de uísque para voltar a se sentir bem.

Por um desses mecanismos mentais incompreensíveis, desde então a cena se manteve como lembrança a tal ponto insistente que, em meio aos zigue-zagues dos últimos tempos, se repetiu várias vezes na forma de pesadelo. Ontem à noite, então, o acontecimento desagradável resultou em sonho de uma passeata de barbudos a empunharem uma faixa que despertava risos e apupos ao sintetizar a situação atual: "O vice caiu do cavalo."

Prova de que errou os cálculos teve já em meados do mês, quando a prisão espalhafatosa do tesoureiro do núcleo familiar do tal levou muita gente a dizer que o capitão finalmente se esborracharia. Contudo, das conversas entre populares aos noticiários de tevê, passando pelas análises dos cientistas políticos, ninguém o apontava como solução. Era como se sequer existisse.

Para tirá-lo definitivamente do jogo, um grande diário apelou para essa arma perigosíssima chamada pesquisa. Em dois segundos, os resultados pipocaram em sites, redes e emissoras, onde, como sempre, foram lidos como se reproduzissem as vozes do povo e de Deus. Afinal, por menor que seja a amostragem, a estatística é considerada infalível.

Segundo a malfadada enquete, 75% dos entrevistados disseram que democracia é sempre o melhor regime. Para sublinhar o significado do posicionamento, os meios de comunicação lembraram que se tratava do maior porcentual desde 1989, ou seja, por ocasião das primeiras eleições presidenciais depois do regime militar — que terminara quatro anos antes, portanto só podia estar desgastado.

A pá de cal veio na forma de dois dados complementares: 62% achavam que o legado de 1964 era feito de realizações negativas e 78% disseram que houve ditadura. Depois de tudo o que afirmou contra ambas as interpretações, o vice percebe que deixou de ser visto como possível solução para a crise e passou a ser encarado como ameaça de que tudo degringole de vez — pois encarna o movimento de retorno no tempo.

A percepção de sua fidelidade ao ideário que norteou a forma de governo encerrada em 1985 causou um dano tal à sua imagem que, por contraste, o tal pareceu ganhar conotações democráticas. Afinal, tem mais de três décadas de submissão às eleições. Sua trajetória de vereador que ascendeu a deputado e virou presidente sempre se baseou no voto.

O vice suspira ao lembrar dos afagos levemente conspiradores que passou a receber do pessoal do Clube Militar tão logo foi anunciado como segundo integrante da chapa. Afinal, além de Deodoro, dois outros presidentes da entidade haviam ocupado o posto máximo da nação: Hermes da Fonseca e Eurico Gaspar Dutra. O fato de também tê-la dirigido era indício claro de que chegaria ao píncaro. Depois de quase setenta anos de espera, a agremiação voltava a se sentir nas nuvens ao vê-lo no pináculo do executivo federal. Ah, como era forte a torcida para que desse o último passo!

Pois bem: transcorridos menos de vinte meses de mandato, aquele em torno do qual se criou uma imensa expectativa de que conduziria, como visionário, o todo da nação se sente reduzido a avestruz, tal a imersão na Amazônia. Mas não para realizar o sonho da geração de ouro do militarismo brasileiro, que consistia em "inundar de civilização" a selva mediante a construção de obras de infraestrutura e o estímulo ao fluxo migratório. Em vez de defender povoamento e exploração dos recursos naturais, o vice finge acreditar em preservação.

É forçado a dizer exatamente o contrário do que pensa devido à grita planetária de que a floresta arde como nunca. Pressionada pelos clientes internacionais, até mesmo a incendiária turma do agronegócio pede o fim das queimadas. Um dos culpados da situação é o ministro do Meio Ambiente, que, em vez de liberar a cobertura vegetal com método e discrição, dá ampla publicidade a suas entregas toscas e não para de desafiar os conservacionistas. Mas não há como negar que a forte reação ao desmatamento é mais um sinal de que os tempos mudaram.

Seja como for, o vice odiou ouvir de um correligionário de longa data que é uma lástima vê-lo atuar basicamente como "bombeiro da. Região Norte". Assim reduzido, como encarar seus heróis, a começar pelo autor de *Geopolítica do Brasil*, o genial Golbery, para quem a devasta decorrente da instalação de grandes levas humanas nas faixas fronteiriças era a melhor maneira de o Brasil lograr plena integração, encher as burras de dinheiro e finalmente realizar sua vocação de "colosso do Sul"? Como enfrentar o olhar penetrante de Médici? Dá até para imaginar o que o desbocado Figueiredo lhe diria. E nem adianta pedir inspiração a Ustra, pois, além de tortura política estar ainda mais fora de moda, não há a menor condição de supliciar o mundo todo.

Uma vez que o campo da política é tão instável que desmoraliza quem quer que recorra a adivinhações, em questão de segundos tudo pode mudar completamente. Como ainda não se chegou nem mesmo à metade do mandato, muito mais coisa vai acontecer. Todavia, já agora é clara a inviabilidade do projeto de passar de vice a titular e aproveitar a famosa caneta presidencial para se reeleger.

Na verdade, não dá mais sequer para sonhar em ser reconduzido ao posto de vice-presidente. Caso sobreviva aos sucessivos temporais, o tal certamente se candidatará à reeleição, mas jamais manterá a seu lado alguém independente a ponto de discordar de questões cruciais — como política internacional e aborto, por exemplo — e forçudo o bastante para bater boca em público com os filhos.

Com a projeção ganha nos últimos tempos, o vice terá facilidade de se eleger em praticamente qualquer estado. No Rio de Janeiro (onde vive) e no Rio Grande do Sul (também sua terra natal, além de base da prestação de valorosos serviços à pátria), por exemplo, pode aspirar ao cargo de senador ou mesmo governador. Permanecerá sob holofotes, continuará sendo paparicado pela direita em seus diferentes matizes e muita gente achará que é um coroa realizado. O problema será administrar a amargura de ver malograr o verdadeiro sonho: virar presidente a partir de eleições e levar adiante, com respaldo popular, a memorável obra da geração anterior.

Agora, como a mente relativiza todas as dimensões, o principal incômodo do momento é causado pela recordação das imagens e frases que os estudantes espalharam a seu respeito. Talvez por efeito do humor, que quando bem-feito fere fundo, tem a impressão de haver recebido o golpe mais baixo de sua vida.

— Anacrônico é sacanagem, pô. — Vira-se para o lado e, pela primeira vez na vida, volta a adormecer. Durante o inédito sono, sonha que, ao despencar do cavalo, as câmeras captaram manchas marrons na fralda geriátrica que usava por baixo da impecável calça de jóquei.

5 O toró de Céline[1]

Os pilantras não cansam de aprontar!... Já na infância me empurraram valores ditos nobilíssimos!... de família e pátria serem célula e corpo exemplares! belos! sacrossantos!... merecedores de zelo! cuidado extremo! defesa!... Acreditei, taí!... tinha apenas buço e já me alistei como voluntário no bravo exército francês!... Pampamramram, acordava a corneta!... tratratrá, cadenciava o tarol!... marchar, comandava o sargento!... e eu, puro! empertigado! donzelo! todo boas intenções!...

Ah, mas era o treino acabar que tudo virava mascarada e o sonho, pesadelo!... Eu fechava os olhos! mirava o outro lado! fazia de conta!... não tinha como não ver a vileza! a mesquinhez! a perfídia! vencendo a farda!... Roubavam meus troços!... enredavam!... ameaçavam!... Cotidiano maldito, o de quartel!... acaba com qualquer crença! fé! ideal!... Fui pro front já em crise!... pensando em escapar do inferno! desertar da trincheira!...

Mas como, se os praças! o cabo! o sargento! o capitão! o coronel! tavam de butuca em mim!... Herói de verdade tem no currículo fuzilamento de compatriota aleivoso!... Isso, sim, é valorizado! motivo de medalha! promoção!... Todas as patentes me filmavam de través!... esperavam que eu escapulisse! desembestasse! me escafedesse!... Um olho no alemão! outro em mim!... Meu regimento avisado!... aquele ali não merece a menor confiança!... traíra!... se fizer movimento suspeito, fogo!...

De repente, estouro e clarão!... granada bem perto!... mas não nossa!... dos boches!... E lá se foram os planos de me eliminar!... Puta-que-o-pariu, bradou o sargento!... não de piedade!... nem de

[1] Versão ampliada e atualizada de conto publicado originalmente na coletânea *Escritores escritos*, organizada por Victoria Saramago e lançada pela Editora Flâneur em 2010.

longe lastimava a baixa!... constatava, isso sim, que não abiscoitaria a condecoração!... O segundo pensamento foi de me deixar morrer!... mas precisava dar ordens de socorro! cumprir o protocolo! senão acabaria em corte marcial!... Ao se debruçar sobre mim, fuzilou com o olhar! vociferou que eu bem merecia um tiro de misericórdia!... Eu, verme sem préstimo!... suspeito!... como podia ser poupado da guerra?... Quem disse que merecia padiola? cama de hospital? cuidados governamentais?... Eu, taciturno no refeitório! ronceiro nos exercícios! metido a ser mais cabeça que corpo!... Cu-pra-lua-do-caralho!...

Fosse este texto um romance, único gênero capaz de comportar meus hiperbólicos estilhaços, o leitor conheceria a passagem pelo hospital!... Como é conto, digo apenas que saí com aparência de inteiro!... o estropiamento do braço direito dissimulado pela roupa de frio!... a fissura no crânio coberta pelo couro cabeludo!... O problema era a dor de cabeça intermitente!... todos os dias!... Se já não suportava a humanidade, precisei aturá-la com o cérebro a lancinar!...

A vida continuou, apesar de tudo!... acabei médico!... Pra cuidar de minha própria saúde?... sei apenas que nunca bebi!... Numa nação que negava que o vinho fosse álcool, fui o único sujeito verdadeiramente sóbrio de todos os tempos!... eu, arauto dos incômodos! dos podres! de tudo o que compromete!... a trabalhar em dispensários de subúrbio!... onde recebia hordas de pinguços! manguaças! gambás!... cirróticos! reumáticos! hemorroidosos!... parasitas da previdência!...

Dependente do salário, me desdobrava! tratava! aconselhava!... Merecia alguma consideração?... pinoia!... mal os pés de chinelo pisavam fora do consultório e já me atribuíam ignomínias!... papador de enfermeiras! assassino de velhinhos! traficante de remédios!... Se o desgraçado tinha câncer ou outra doença grave, eu me apressava em encaminhar a especialista!... no momento em que a parentela pranteava o defunto, lá tava eu, imbatível, primeiríssimo na lista de responsáveis pelo óbito!... eu, o incompetente! desmazelado! serial killer!...

Pra completar, veio a veia literária!... ringue violento! oceano de peçonha! continente de mediocridades!... e mentiras!... Jamais me perdoariam de escrever como se usasse microscópio!... Tentei me proteger sob o prenome de minha avó!... só que jornalista é uma espécie de detetive amaricado: finge amabilidade pra descobrir razões de escândalo!... em dois tempos, essa proxeneta chamada imprensa revelou meu pseudônimo!... Viu o artifício como gracioso! interessante! prova de autenticidade!... sim, tudo então era elogio! aplauso! bajulice!... Eu negava que tivesse algum valor! desconversava! imune à lisonja!... sentia a guilhotina se aproximar!... em algum momento clamariam por meu escalpo!... qualquer traço de vanglória pioraria imensamente a situação!...

Os editores de jornais e revistas se escondem por trás de gente como Louis Aragon!... Incapaz de criar de verdade, o crápula se dividia entre a propagação do sono surrealista e a organização de tours pelo aborto bolchevique!... Rebotalho dos anos trinta, distorcia tudo pra política!... Babou de tal maneira por *Viagem ao fundo da noite* que inaugurou o gênero crítica-boquete!... não satisfeito, estimulou a musa-amante Elsa Triolet a traduzi-lo pro russo!... fez do próprio Stalin meu leitor!... o bigodudo só concordava com Trotski quanto ao meu primeiro romance!... revolucionário!... obra-prima!... E eu, arisco! desconfiado! o pezão atrás!...

Morte a crédito fez a cambada comunista notar que meu partido era o da danação!... O profissional liberal! o povo! o pária! protagonizam!... só que não prestam!... os ricos usam o conforto pra se esconder da vida!... critico o que o judeu barbudão chamou de mais-valia!... mas nenhum personagem meu vale nada!... é só ver meu segundo livro!... o pessimista! sem horizonte! nada ambíguo! na contramão!... recorde absoluto de resenhas desfavoráveis! irritadas! pedindo fogueira!... Despenquei do pedestal!... Traidor da causa, a esquerda berrou!... Eu, que nunca havia cultivado esperança!... que jamais manifestei confiança no homem!... precisava ser banido do Universo!... o ditador vermelho deve ter mandado a ordem pro serzinho Aragon, que passou a me atacar histericamente pelos periódicos!...

Agora, o troféu do mau-caratismo coube ao filósofo faroleiro Sartre!... O ficcionista falho tascou uma fala de minha peça *A igreja* como epígrafe de *A náusea*!... Única passagem legível desse romance raquítico! fosco! imitação descarada do *Viagem*!... Exagero?... é só cotejá-los!... O próprio plagiário reconheceu que devia integralmente a mim sua merreca de verve!... a sapata Beauvoir confirmou isso em sua autobiografia!...

Durante a Segunda Guerra radicalizei a superposição do estilo sobre as ideias!... incomodei a ponto de precisar fugir pra Dinamarca!... País infecto!... salvei temporariamente a pele, mas comecei a apodrecer nas masmorras!... Terminado o conflito, muitos compatrícios pediam meu repatriamento... pra me fuzilar!... Qual seria o papel do zarolho?... fazer o possível pra me salvar, claro!... Em vez disso, aproveitou pra tentar me varrer definitivamente!... não suportava mais a comparação!... Alardeou que eu havia recebido dinheiro dos nazis!... eu, que nunca me corrompi por um centavo!... que jamais transigi e, por isso, sempre vivi na merda!... Ah, mas respondi que achava natural aquela reação!... caguei o cegueta, mas ele era muito medroso e tapado pra ter voo próprio!... insistia em se esconder no buraco do meu cu!... de onde enxergava ainda menos!...

Eu poderia continuar listando os infindáveis apunhalamentos de que fui alvo!... três, quatro vidas não dariam pra enumerá-los!... Me contento em lembrar o ensaio-novela *Papos com o professor Ipsilone*... lançado a apenas seis anos de partir pro beleléu!... Hora de acertar as últimas contas!... importante partir sem pendências!... então investi contra Gaston Gallimard!... Se o conhecia bem?... apatacado dos mais finórios!... não somente evitou essa atividade mortificadora que é escrever, como explorou todos os poetas e prosadores que bateram à porta de sua casa publicadora!... Então eu disse o que mais se evitava!... que ele torcia pelo falecimento dos autores pra ver os livros se valorizarem e, assim, faturar mais!... O rei da poupança!... O leitor quer prova?... o traste nasceu treze anos antes de mim e viveu catorze a mais que minha acabrunhada pessoa!... sempre podre de rico!... Só se poupou!...

só poupou!... Quanto a mim, me gastei! consumi! exauri!... no front da vida! da escrita!...

A vantagem é não dever nada!... duvido haver fatura em meu nome que não liquidei!... Por que haveria de deixar esta sem acerto?... não sentei o cacete em meu editor num livro que ele próprio publicou?... então afirmo que este conto não passa de uma ideia de jerico!... não é assim que chamam os desastres mentais no Brasil?... Que outro nome dar a uma narrativa produzida na aba alheia?!... Em vez de se empenhar em ser original, o nojento do autor opta pelo caminho mais fácil!... se mete a epígono!... Preguiçoso! trapaceiro! escroque!...

Avalie, leitor!... o cara paga caro! caríssimo! pra desenvolver seu próprio texto! seu jeito de se expressar!... Pense em Guimarães!... É verdade que amarelou diante do nada!... Médico como eu!... sabedor que corpo é velhice! doença! morte!... que tudo acaba no sepulcro!... que não há além!... como pôde se amparar no maravilhoso?!... À parte tal covardia, escreveu em transe! miolou o idioma! virtualizou os vocábulos!... não é isso que dizem?... Sei que deixou um legado sem herdeiros!... quem tentou brincar de mimetizá-lo se ferrou!...

Em meu caso, me arrisquei a sucumbir!... vezes sem conta!... pra trazer à tona as vísceras!... fundindo diferentes léxicos!... científico! bacharel! zé-ninguém!... todo o dicionário!... a rua idem!... o condimento do argot!... palavra! palavrinha! palavrão!... A escrita seguindo os nervos! a emoção!... driblando o encarrilhamento convencional das palavras!... pra entortar! ritmar! avivar as frases!... Quando me vi, tava tomado pelo entusiasmo! pelo lúdico!... O tema pesava?!... o texto flutuava!... Só que o mundo carrapata o significado! o sentido!... acabou me acusando de irresponsável! torpe! politicamente incorreto, como dizem hoje!... Desenvolver um estilo como o meu?... desaconselho!... perigo mortal!...

Agora me diga: que faz o autor destas páginas?... quebra a sentença! o pensamento! com interjeições e reticências!... Será futurista? cubista? enfim, experimental?... que nada!... copiador descarado!... age como aluno dessas demências chamadas oficinas de escrita criativa!... não vai além do exercício de estilo!... E sabe o que consegue?... o contrário do efeito alcançado por meus escritos!... Aqui, minhas descobertas viram cristais!... lei da imitação! do maneirismo!... o êxito depende do engessamento do predecessor! da anulação da nova autoria!... É o fim!... Mas me vingo!...

Como, perguntará o leitor, se tou mortinho da silva?... É que também burilei! facetei! poli!... e não somente textos!... biografia! imagem! persona!... Impossível me invocar sem que eu surja inteiriço! monolítico!... Como se trata de ficção, nem sempre consigo impor a verdade!... entre um fato e outro, eis meu arremedador criando pontes falsas!... chegou a me pintar desertor!... patranha deslavada!... Outro absurdo é me mostrar mais exclamativo do que fui!... como se me atualizasse! pós-modernizasse!... sei!... me faz apoplético, pra queimar de vez meu filme!... Minha sorte é que sua competência depende da habilidade em fingir que me é fiel!... que cada pensamento pipocou de meu cérebro trepanado!... que cada letra saiu de meu punho!... Ora, me quer fonte? veículo? protagonista?... suporte meu crivo ferrenho!...

Começo afirmando que não chego do alto!... Neca de suprassensível! infinito! céu!... Mais que nunca, posso dizer!... categórico! taxativo!... depois da morte, só existe a cova! a noite! o nada!... É do cemitério que ressurjo, por obra exclusiva da literatura!... Mas, sendo o defunto que sou, aproveito o transporte fictício até o Novo Mundo pra lançar um olhar abrasador sobre os dois maiores países da América do Sul!...

Por que não foco logo no Brasil?... Porque a vizinha Argentina possibilita um paralelo capaz de provar, de uma vez por todas, a validade da única tese que defendi ao longo da vida e agora, em plena morte, reafirmo em maiúsculas: TUDO DARÁ SEMPRE ERRADO!...

Nas páginas e telas, a gente só vê Fernández! com seu bigodinho indecente! falando macio! aqui advogando! ali lecionando! sofismando democraticamente pra ver se acalma!... Mas como, se um percentual altíssimo dos compatriotas tá desempregado! morando na rua! comendo lixo?!... Ué, mas não prometeu tudo de bom?... Justamente! criou uma expectativa que jamais se cumprirá!...

E não adianta atribuir a culpa a Macri! chamá-lo de neoliberal! desalmado! vendido ao Fundo Monetário Internacional!... O antecessor era isso tudo?... Sim, pois nenhum presta!... Mas o argumento teve alguma importância durante as eleições!... Agora, com o mandato avançado! mil medidas tomadas! ministros da economia substituídos como se fossem técnicos de futebol! o fracasso é só de Fernández!...

Na verdade, o fiasco é de todos!... Antes de Macri, a presidente era peronista de boa cepa! pretensa atualização da tal Evita!... Evita não possuía Péron? pois Cristina tinha Néstor!... A diferença é que Evita partiu antes do marido! já Cristina enterrou o esposo e levou adiante sua obra!... Seria a nova protetora dos pobres!...

De fato! fez um mandato tão dadivoso que se reelegeu ainda no primeiro turno! e com ampla vantagem!... Só que as contas da generosidade eleitoreira transformaram o segundo quadriênio em desastre! o crescimento não veio! a carestia galopou! o poder de compra ruiu!...

Enfim, os desastres da direita e da esquerda se juntaram! se acumularam! viraram bola de neve!... Hoje, pleno 2022, a inflação corre no sentido dos 100%! uma das mais altas do planeta!... Tentam fazer de conta que são gringos! praticam o dólar! mas todos os terráqueos sabem que a verdadeira moeda argentina é o peso! reduzido a pó!... Pra completar, a dívida junto ao FMI é maior do que a de qualquer outro país!...

E olha que no início do século XX a Argentina era uma das nações mais ricas do mundo! com PIB per Capita igual à soma daqueles da Alemanha e da França! a celebrar feitos como a construção do primeiro metrô da América Latina!... Parecia destinada a progredir sem fim!... Como não ser tomado pelo sentimento nacionalista?... Ser filho daquele pedaço de globo era o má-xi-mo!...

A explicação pro sucesso fenomenal parecia ser a cor da pele! embranquecida pela preponderância europeia!... Entre 1870 e 1930, italianos e espanhóis vieram em massa! pra prosperar! e procriar!... Eis o argentino talhado pra escravizar o continente!... Nariz arrebitado! expressão esnobe! olhos claros mirando tudo de cima!...

Hoje, um desses estudos de internet aponta que a composição da Argentina é 78,5% europeia, 17,3% indígena e 4,2% africana!... Realmente, a pele leitosa predomina nas ruas! nas fotos internacionalizadas pela mídia!... Porém a miséria desmoralizou o velho racismo! que talvez até tenha aumentado por dentro! potencializado pelo rancor! mas se manifesta de maneira caricatural!... Nos estádios de futebol, por exemplo! torcedores rotos! borrachos! arremedam macacos!... Francamente!...

Há quem alegue que o declínio se deve a essa obsessão de país periférico chamada golpe de Estado! que somaram seis ao longo do século XX!... Não tou convencido! com ou sem rupturas, tudo desanda! essa é a sina humana!... Sei que de perfídia em perfídia! fracasso em fracasso! calote em calote! hoje ninguém confia mais em ninguém!... Os partidos se guerreiam! as empresas se espionam! os vizinhos de porta vivem aos tapas!... De que adianta ainda sentir orgulho?... A liga! sentimento mentiroso! mas eficaz! portanto, fundamental! simplesmente sumiu!...

Outros gritam: alto lá, seu françois abelhudo! fuxiqueiro! linguarudo!... Nem tudo o que os militares fizeram foi violento! ruim! pernicioso!... Pense em Péron! chegado ao poder em 1946 por meio de eleição! pra mudar a história argentina!...

Sei! sei! finjo concordar!... Direitos trabalhistas! aumento salarial! estímulo ao consumo!... Esmolas que os correligionários chamam desavergonhadamente de distribuição de renda!... Mas devo admitir que foi o suficiente pra criar a corrente política argentina mais forte de todos os tempos!...

Ao lado do caudilho, a bastarda! oportunista! arrivista! Eva!... Atriz medíocre! sim! mas tão interesseira que conseguiu criar e interpretar o personagem argentino mais importante de todos os tempos: Evita!... Maior que o tal do Che! bem mais venerada que o ensandecido Maradona!... A própria cara da nação!... Mãe dos descamisados! responsável pelo direito feminino ao voto! capaz de conduzir as massas contra os inimigos do marido!...

O que há de verdade em tanta façanha?... Quase nada!... Mas o que é a História?... Um conjunto de estórias bem urdidas!... Inda mais quando o mito atende a uma necessidade popular!... Assim se explica que uma garota de programa! que dava a atores, diretores e produtores em troca de papéis mixurucas! tenha conseguido, ao final de uma trajetória meteórica, ser vista como santa!... A que ponto chega a capacidade de ficcionalizar da humanidade!...

Antes e depois do primeiro, mas também do segundo mandato de Péron, o que se viu?... Golpe! golpe! golpe!... Que tem no Brasil! onde, em se plantando, tudo que não presta dá! outro solo propício!... E nem preciso voltar ao século XX!... Alguns anos atrás, foi palco de mais uma derrubada! dessa vez, da única presidente que este país feminicida já teve!...

Então se seguiu a prisão do Péron tropical! que não é militar! longe disso! mas também sabe paparicar os pobres!... Em país miserável, migalha rende voto em profusão! é vitória garantida!... Pra impedir nova derrota da direita, só metendo o nove-dedos! o sapo! o molusco! na cadeia! aos berros de prisão perpétua! morte mofada atrás das barras!...

Limpada a área por quem realmente manda! os armados oficiais! os membros do judiciário! os donos do dinheiro! viu-se que não convinha simplesmente tomar o timão e manejá-lo por prazo indeterminado!... Afinal, os tempos eram de internet! tretas globais! reações planetárias!... Então que se maquiassem as manobras com eleições!...

Nossa! que avanço! que civilizado! nem parecia Latinoamérica!... Sim, mas, pra manter o fogo do golpe, a direita deveria se aglutinar em torno de candidato capaz de encarnar a violência! que nem precisava ser física! bastava ser insinuada! sugerida! que cidadãs e cidadãos passariam à prática!... Daí a opção por um bronco! nulo! incapaz de sinapse!... Mas completamente desprovido de alma! medo! ética! tipo topa-tudo-por-poder!...

Não adianta torcer o nariz, gritaram os estrategistas!... Tem caspas! fala com a boca cheia de comida! peida em público! até fama de corno tem!... Mas justamente! parece povão! vão pensar que se identifica com os desvalidos!... É nossa única opção! o resto é muito engomadinho! só perde! ele, sim, o grande ogro, merece todas as nossas fichas!...

Cercado de pastores! a frequentar templos! a orar em rio barrento! parece crente fervoroso!... Isso já lhe rende os votos dos crédulos a ponto de caírem no engodo supremo! safado! do dízimo!... Junto a essas amebas, pode prometer mundos e fundos! sem garantir melhoria concreta!... É só condenar o aborto! o despudor! o casamento entre pessoas do mesmo gênero!... Basta recorrer ao Velho Testamento pra dizer da obrigação de mulher se submeter a homem!...

De fato, em plena campanha já se viu o gênero masculino se achando o máximo! com direito a impor sua vontade na marra! espelhado no capitão e seus três varões! a mostrar músculos! ostentar armas!... É adversário político? merece tiro! mulher? porrada! gay? nem devia ter nascido!... Logo o rio de sangue das urbes! das brenhas! se acresceu de um derramamento novo!... Finalmente caiu por terra a suposta cordialidade do brasileiro!...

O único senão era o efeito da prisão do opositor!... Encarcerado, o vermelho virou fantasma a amedrontar! símbolo a mobilizar! cabo capaz de eleger seu títere!... Ora, não seja por isso! o que é um segundo golpe pra quem já deu o primeiro?... Farsa por farsa, forjemos facadas! aliterou o chefe das fake news da campanha!... Em segundos, o estúpido! cínico! cruel! pôde posar de dodói! ferido! a atrair toda a atenção da mídia! a ternura do país inteiro!... Ganhou, claro!...

Humilhado na carreira militar! esnobado na vida política! possuído pelo ódio! viu a vitória como oportunidade de ir à forra!... Empregou milicos a rodo! pra preparar mais um golpe e se perpetuar no poder, claro! mas também pra espezinhar as altas patentes!... Mandou queimar florestas! e pôde provar o prazer de Nero!... Matou índio de inanição! como se desse lição de geopolítica!... Enviou desaforo aos líderes das outras nações!... Ameaçou inimigos! conhecidos! amigos!... Fardados! civis! togados!...

Nem assim a sede de vingança se aplacava!... Então veio a Covid-19! como se caísse dos céus! qual dádiva divina!... Que lhe possibilitaria matar um bom porcentual da população!... Delegou as diferentes frentes de governo aos auxiliares e concentrou sua energia no boicote a distanciamento! máscara! vacina!... Não é que conseguiu?... As estatísticas de óbitos atingiram as alturas!...

Ah! mas a essa altura muitos cúmplices de primeira! segunda! terceira hora! já percebiam que daria ruim! então se afastaram!... Tacitamente, deixaram o pessoal do outro lado do espectro político fazer seu trabalho de sapa!... A conspiração se alastrou!... Ardiloso, o judiciário virou a casaca! criou condições de soltar o populista! que voltou ao jogo nos braços dos partidários! pra comparar as gestões!...

Lembram que durante meu governo tinha emprego! carne no prato! remédio de graça! escola pra todos?... Não era bem assim! mas o tempo ajuda o passado a parecer paraíso!... Além disso, o capitão se mostrou sem comando! tino! discernimento!... O pior foi se revelar rapineiro! a acabar com o restinho de direitos trabalhistas! a deixar que destruíssem as matas e contaminassem as águas pra pegar minérios! a entregar tudo pros empresários! nacionais e estrangeiros! pra quem desse mais!...

Sem falar nos cortes! de auxílios pra comer! financiamentos de remédios mais baratos! verbas pra educação! saúde!... Passou a ser difícil andar pelas calçadas! com tanta gente morando nas ruas!... Mesmo à direita o pessoal menos belicoso começou a se incomodar!... Por fim, o capitão se revelou pai de ladrões baratos! a surrupiarem até mesmo assessores! com a tal da rachadinha!... Assim, não tem como se reeleger!...

Em síntese, a Argentina vai voltar à direita! o Brasil ressuscitará a esquerda! lá e cá, continuarão abundando provas de que o ser humano não sabe o que quer!... Ou melhor: quer apenas seu próprio bem! por consequência, o mal alheio!... O que varia é o meio pra conseguir!... Em certos momentos, a lábia leva!... Em outros, a truculência alavanca!... Ao final, tudo desanda! decai! fracassa!...

O leitor certamente se revolta contra meu negativismo!... me xinga de desmancha-prazeres! recalcado! doente mental!... Ah, mas se pensa que me abala!... quando vivo, eu me lixava pra boa acolhida!... que dirá agora!...

E digo mais: não me sinto imune à pequenez!... longe disso!... Em *Féerie II* admiti que, sob as bombas aliadas, as paredes ruindo, o prédio em chamas, pensei primeiro em mim! minha pele! meu autocentrado eu!... depois Lili!... finalmente nosso gato Bébert!... Assim é o incensado! mentiroso! deplorável elemento humano!... sem exceção!... por que governantes seriam diferentes?...

Quem quiser compreender um pouco mais meu ponto de vista que lembre o defunto autor!... sim, o personagem do feioso epiléptico!... Fora do comércio do mundo, a gente percebe, com muito mais clareza, que nada muda!... Independentemente do governo, as pessoas ficam cada vez mais devedoras! encalacradas! escravas do capital!...

Sou desagradável?... por que foram me buscar?... quem conhece um só parágrafo meu sabe que jamais me senti bem em minha pele!... na França, só vivi desavença!... Europa afora, fui sempre desencontro!... imagine no exterior iletrado! mormacento! bem mais corrupto!...

Pra completar, me impõem a superfície: o Rio!... a mim, que sou todo metrô! profundidade!... O litoral é pra pederasta!... mobilizassem o Proust, que via palavra como pompom!... certamente chamaria os corpos de esculturais!... enalteceria o bronze!... Eu diria do câncer de pele, isso sim!...

E não me ofereçam passeios pelos morros!... ouvi mais estampidos do que devia!... sim, nas duas guerras! as grandes! onde corri milhões de perigos!... tiroteio não me amedronta!... tampouco fascina!... Ah, tem droga?!... só se eu fosse um daqueles degenerados americanos que me chamaram de papai! vovô!... o escrevinhador Henry Miller foi o primeiro!... a corja beatnik não se fez de rogada!... influenciados!... filhos! netos do maldito dos malditos!... vê lá se gerei gente tão fraca! dependente! hedonista!... Outra balela que não me convence é o tal do aspecto humano da comunidade!... invenção de sociólogo culpado!... ou interessado em bolsa de estudo!... Na favela ou no asfalto, só vejo bárbaros!...

E a arquitetura carioca?... que horror!... barracos e edifícios irmanados na feiura! no mau gosto!... Os imbecis da Barra da Tijuca felizes de viver em caixotes marmóreos! alumínicos!... se sentindo em Miami!... Os ripongas de Santa Teresa fechando os olhos pra decadência!... se achando em Montmartre!...

Chega!... pra quem não sente prazer na vida, nada melhor que o oco! o silêncio! o esquecimento eterno!... lá, sim, é meu lugar!... Já que me trouxeram pra cá, que ao menos respeitem minha vontade: distância das ruas!... do contrário, calo! fecho a matraca! boicoto o conto!... Tem mais: gosto de bicho, mas desprezo tanto a natureza quanto odeio a humanidade!... não façam a besteira de me levar pro meio da floresta!... O máximo que admito é o Jardim Botânico, voilà!... e isso pela possibilidade de reduzir o calor!... insuportável!...

Eu sabia que este contista de araque iria me atender!... A temperatura ainda é alta!... a sombra pouco ajuda!... ao menos há um banco afastado!... Como ninguém lê nesta joça de país, não me arrisco a ser reconhecido! xingado!... mesmo assim, desencorajo qualquer aproximação!... finjo cochilar!... fecho quase completamente os olhos!... O som das cigarras se soma ao zumbido de meu cérebro!... como faz falta a tranquilidade do túmulo!... E que brincadeira infame é essa de começar a pingar?... era só o que faltava: pé-d'água de verão!...

Epa!... lá vem uma mulher!... com guarda-chuva aberto!... Claro!... o autor desta história idiota quer criar futrica!... acredita que sem movimento não há narrativa!... Também, que mais esperar de um solo dado à ficção mais apelativa! orgulho do consumo interno! produto de exportação?!... Os americanos ao menos fazem suas baboseiras na forma de filmes!... aqui, é telenovela mesmo! folhetim despudorado! nem o gorducho do Balzac desceria a níveis tão baixos!... De minha parte, sempre achei obsceno esse papo de eu te amo!...

A personagem escalada pra contracenar comigo se aproxima!... Continuo fazendo de conta que não tou nem aí!... Alheio à chuva!... olhos semicerrados!... considero! avalio! não quero ser surpreendido!... Ao menos ela não apela no vestuário!... é, porque brasileiro acha que resolve tudo botando uma gostosona de porta-bandeira!... A estranha usa blusa, bermuda e sandálias discretas!... aliança no dedo!... expressão angustiada!... não parece siri-gaita de programa! contratada pra me seduzir! transformar minha viagem forçada em turismo sexual!... Por que não passa direto!

cega pelo sofrimento! elegantemente tomada pela dor?... porque sua função é perturbar! tentar! tirar do sério!... mesmo que não pareça!...

Acomoda-se perto de mim!... não falei?!... Posiciona o guarda-chuva de maneira a me proteger também!... Devo reconhecer que é aconchegante!... Em volta, aguaceiro medonho!... cá embaixo, humanos aproximados!... roupas em contato!... somente juntos evitamos os pingos!... culpa do mau tempo!... Vindo da terra gelada!... mesmo eu, mais dado a ver do que fazer, gosto!... confesso!... acho plausível! natural!... Mas não me iludo!... ah, não!... conheço os caminhos da prosa!... puta armadilha!...

Assim isolados, ela se sente no direito de me lançar um olhar penetrante!... ah! ah!... pra piorar, cochicha que ama o esposo!... Quem perguntou?... Me falaram que os brasileiros escancaram a intimidade!... não sabia que chegavam a tanto!... Que porra tenho a ver com o infeliz do marido?... o braço, ela explica!... O pinta era PM selvagem! grande matador!... os colegas da corporação o invejavam!... os bandidos o evitavam!... certo dia teve o membro superior atingido por projétil! bala certeira! tiro de traficante!... gangrenou!... precisou amputar!... nunca mais foi o mesmo!... além do complexo de cotó, engordou! brochou!... Quem sabe eu pudesse ajudá-lo? dar uns conselhos? explicar como consegui satisfazer mulheres fantásticas mesmo depois do que ocorreu ao meu úmero direito!...

Eu sabia!... este contista sem categoria é outro que não me perdoa!... não suporta ser infinitamente menos talentoso do que eu!... detesta que eu invista contra a falsa impressão de que a vida vai melhorar!... É sempre assim!... Sartre fez escola! ensinou os motivos de eu merecer perseguição!... arraso na estética!... arraso a ética!... Assim se explica a cilada!... também no Brasil querem me rebaixar! ridicularizar! desacreditar!... Dinheiro não funcionou?... loiro não corrompeu?... usemos essa arma tipicamente tropical que é a carne!...

Tudo bem!... finjo que começo a desejar!... sim, porque não existe fêmea mais atraente que casada malcomida!... e há quem pense que, depois de décadas de sarcófago, nada melhor que uma boa refrega!... Forço um sorriso de aquiescência!... refiro-me a uma bailarina americana e uma francesa!... belas! talhadas! apolíneas!... Atenho-me à mais importante!... conto o que fiz pra conquistar e manter Lili a meu lado!... cega pra minha imagem de intratável! pro meu defeito físico!... dedicada! parceira! apaixonada!... transtornada ao ver meu fim!... fiel à minha memória!... Né que a lembrança me emociona?!...

A mulher tá embevecida!... claro!... se sente a própria Lili!... Mas alto lá!... não posso amolecer!... o jogo aqui é pesado! ardiloso! ratoeira!... tenho uma imagem de irascível a preservar!... se deixo o sentimento transbordar, dizem que me dobrei ao romantismo!... me acabo literariamente!... A melhor maneira de me conter é sendo didático! professoral! técnico!... Impessoalizo o discurso!... discorro sobre a importância da sugestão! da insinuação! da imaginação!... explico que palavras podem compensar falhas! lacunas! estragos!... O rosto da interlocutora se ilumina!... como se ouvisse guru! mestre! orientador espiritual!... Cacete!... não era nada disso que eu queria!... me perdi!... dei conselho!... tou fudido!...

Também!... mais de sessenta anos sem me pronunciar!... tou sem traquejo! enferrujado na lida com o verbo!... e fui abrir a boca justamente neste celeiro de potoquistas!... Esqueci que a embromação é a vertente mais forte! conhecida! representante internacional das letras verde-amarelas!... O leitor duvida?... então dê um pulo até Paris!... vá à Fnac da Rua Saint-Lazare!... procure as prateleiras de livros brasileiros!... verá que mais da metade é reservada a lorotas de magos! alquimistas! guias do caminho da felicidade!... Se o exterior não conhecia a literatura tupiniquim, agora a vê representada por textos empulhadores! charlatães! vergonhosamente mal escritos!...

Olha só onde acabei me metendo!... Nunca é demais recapitular!... quando me entendi por gente, já tava mutilado!... com o tempo, as coisas só pioraram!... morri sem deixar uma linha positiva!... Uma existência marcada pela dificuldade!... mas também pela coerência!... Todo mundo me sacaneou!... meti porrada de volta!... ficamos quites!... a humanidade e eu!... eu dormia em paz!... De repente, fui acordado por um boçal de um país dado a exportar mulatas bundudas! travecas!... por um filho de uma nação que não conhece o cogito! refratária à reflexão!... Me deixei levar pela empáfia!... reconheço!... desdenhei das artimanhas macunaímicas!... caí na besteira de jogar!... fui engrupido!... resvalei pra autoajuda!... tomei no cu!...

O pior é que os olhos da mulher brilham! cintilam! esplandecem!... Exteriormente ostentam um cenário idílico: ela e o cônjuge de volta aos bons tempos!... Mas atravessei décadas usando sondas e outros instrumentos penetrantes!... com que facilidade vejo o avesso das coisas! o outro lado do balcão! o fundo do poço!... Sem falar que as retinas se entregam sozinhas!... nas da rodriguiana avisto nós dois!... é!... sob pretexto de praticar!... pra ensinar ao marido!... ela nos antevê na cama!... Agora é que me desmoralizo de vez!...

Como o leitor não entende patavina, dilato as explicações!... Na seção dedicada à poesia e à prosa brasileiras, um terço é ocupado pelo devasso! banalizador! populista do Amado!... isso lá é nome de escritor do desencantado e violento século XX?... a oferecer fruição!... mas não formal!... e sim sexual!... como se a parte inferior do Equador se limitasse ao baixo ventre!... nada de senso crítico! tino artístico!... Pra completar, a defesa renitente e oportunista dos oprimidos!... Os receptores se reduzem a siririqueiras e punheteiros!... mas com a esquerda, atenção!... afinal, a safadeza é um traço popular!... e vem auratizada pelas bandeiras históricas!... Ó composto cretino! eficaz! viciante!...

Quanto a mim, passei a vida combatendo engodos!... fugi aos metafísicos!... achincalhei os físicos!... cultivei a escrita sem polpa! promessa! prostituição!... descarnada! nervosa! inconveniente!... válida por si mesma!... Percebe o desafio, leitor?... aquele de Baudelaire! Machado! Mallarmé! Joyce!... de mais dois ou três!... O resto é camelô de motel! bamba da alcovitagem! vendedor das mil e uma noites!... a oferecer gozo terreno!... orgasmo celestial!... existirá maneira mais fácil de encher o rabo de grana?!... Quando a verdade é que nós!... obcecados pelo vazio! pelo mal! pelo desespero!... nós, sim, somos pela literatura!...

É em nome dessa luta!... única que travei!... que não deixo esta história passar por resolvida!... Fui ludibriado!... admito!... me achava esperto!... deparei um verdadeiro profissional do logro!... quebrei a cara!... Mas ainda sou personagem principal! narrador! detentor da palavra!... então me insurjo contra qualquer plano de arredondamento!... Basta haver fecho pro leitor serenar! achar que, apesar de tudo, as coisas se arrumam!... Não!... nada de final apaziguador!... Calo bruscamente!... interrompo a fala pelo meio!... bato as botas pela segunda vez!... volto à sepultura!... O conto que se foda!... permaneça aberto!... chaga purulenta!... como o Brasil!... a França!... o mundo!...